목련다방에서 LP를 읽다

목련다방에서 LP를 읽다

초판발행일 | 2022년 11월 11일

지은이 | 김순덕
펴낸곳 | 도서출판 황금알
펴낸이 | 金永馥

주간 | 김영탁
편집실장 | 조경숙
인쇄제작 | 칼라박스
주소 | 03088 서울시 종로구 이화장2길 29-3, 104호(동숭동)
전화 | 02) 2275-9171
팩스 | 02) 2275-9172
이메일 | tibet21@hanmail.net
홈페이지 | http://goldegg21.com
출판등록 | 2003년 03월 26일 (제300-2003-230호)

값은 뒤표지에 있습니다.

ISBN 979-11-6815-036-2-03810

*이책은 충청북도 충북문화재단 문화예술지원사업의 우수창작지원사업 지원금으로
  발간되었습니다

목련다방에서 LP를 읽다

글 김순덕

사진 이재모

황금알

깊은 새벽에 들려오는 풀벌레 소리가 정겹습니다.

산다는 것은 다가오는 계절을 다시 누릴 수 있다는 것이겠지요.

마음속의 길을 걷습니다.

화려하지도 세련되지도 않은 다정한 지난 추억이 소멸해 가는 내 기억을 더듬어

잔잔히 다가와 옆자리에 앉습니다.

늘 함께 있을 것 같던 많은 것들이 곁을 떠났고

지나간 것들에 대한 아쉬움과 그리움이 사무칠 때 목련다방 문을 열었습니다.

하루라는 음반 안에 보너스 트랙 같은 어제를 읽는 것은

내일의 어제가 되는 오늘을 더 따뜻하게 살아가기 위함입니다.

『너의 손을 잡고 싶은 하루』 출간 이후 신문에 연재되었던 글들을 다시 모아

두 번째 책을 엮었습니다.

개인적으로 부족함과 아쉬움이 많지만, 그것 또한 저의 모습임을 고백하며

하느님께 감사드립니다.

그리고

존재만으로도 이미 든든한 나의 가족들, 사랑합니다.

늘 응원해 주시는 김경구 선생님과 귀한 무대를 마련해 주신 황금알 출판사에도 감사의 말씀 전합니다.

2022년 가을의 길목에서

김순덕

차 례

chapter 2 한 사람 한 사람이 책이다

chapter 3 노래가 마음을 만지다

chapter 4 보약 같은 친구

chapter 1

목련다방

당신을 사랑합니다

퇴근하는 남편이 손에 꽃다발을 들고 들어왔다. 쑥스러운 듯 건네는 꽃다발과 다른 한 손에 들려있던 종이 가방을 건네받고 잠시 설레었지만 이내 나의 설렘은 안타까운 탄성으로 바뀌었다. 종이 가방 안에는 직장에서 만들어준 정년퇴직 기념패가 담겨있었다. 살짝 당황하는 내게 남편은, 코로나로 인한 사회적 분위기로 직원들과 조촐하게 퇴임식을 했다고 했다.

남편 퇴직에 대한 마음의 준비는 하고 있었지만, 막상 닥치고 보니 애잔하고 씁쓸하고 기분이 묘했다. 본인의 기분은 어떨까 싶어 괜찮냐고 몇 번이나 물어보았다. 남편은 멋쩍게 웃으며

"세월이 그렇게 갔네! 이 사람아… 난 괜찮으니 너무

걱정 마시게"

안쓰러워하는 내 시선과는 달리 아주 홀가분하지는 않지만 그렇다고 아쉽지도 않다고 했다. 처음 시작했던 직장에서 별 탈 없이 끝맺음을 할 수 있었던 것에 감사하며 이제는 좀 쉬고 싶다고도 했다. 긍정적인 남편의 말에 수긍하며, 시작이 있으면 끝이 있기 마련인데 그동안 참 고생 많았다며 진심으로 꼭 안아주었다.

요즘은, 누구에게나 오고야 마는 일들이 내게도 생긴다는 것을 겸손하게 깨닫게 되는데 그것이 좋은 일이건 나쁜 일이건 세월 앞에 장사 없다는 선인들의 말과도 겹쳐진다.

잘 지내다가도 가끔 한 번씩 찾아오는 무기력에 생기를 잃고 마는 날들을 나는 나이가 들어가기 때문이라고 생각했는데 그 시선의 끝에 남편의 퇴직이 있었다.

35년간 가족을 위해 묵묵히 희생해온 아버지를 위해 퇴직 몇 달 전부터 아이들이 퇴직기념 계획을 세웠다. 이때쯤 코로나가 잠잠해지면 그동안 함께 해온 직원들과 아버지의 지인들을 초청하여 함께 크게 축하해주자고 했지만, 사회 분위기는 우리의 계획대로 되지 않았다.

한 직장에서 최선을 다해 아름다운 마무리를 한 아버지를 위해 아이들이 직장에 휴가를 내고 큰아들의 지휘 아래 제주도 2박 3일의 가족 여행을 하기로 했다.

첫날 제주공항에 도착해 렌터카를 배정받고 첫 번째 관광지인 금오름에 올라 파노라마처럼 펼쳐지는 자연 속에서 제주의 바람을 맞는 것으로 우리의 가족 여행은 시작되었다. 아이들은 열심히 우리 부부의 사진을 찍어주고 동영상을 촬영하기 바빴다.

여행 둘째 날.

자동차 박물관과 제주 맥주 공장 등 주변 관광을 알차게 하고 숙소로 돌아온 저녁에는 아버지의 명예로운 퇴직과 다음 날 맞는 생신을 축하하기 위한 파티 준비로 아이들은 분주하게 움직였다. 먼저 남편의 등을 떠밀어 방안에 가두어 두고 몰래 준비해 간 현수막을 대형 유리창에 붙였다. 그리고 조촐하게 한잔 나눌 수 있는 술상도 마련했다. 현수막 속에서 남편의 얼굴이 환하게 웃고 있다. 직장에서는 상사와 동료들 사이에서, 집안에서는 아내와 자식 사이에서 늘 애썼을 남편.

저 웃음 뒤에 감춰진 35년간의 노고를 생각하니 그저 미안하고 고맙기만 했다.

"그래도 일찍 생각이 났으니 다행이지 못 챙겨 왔으면 어쩔 뻔했니"

남편 몰래 준비하다 보니 자동차 깊숙이 숨겨 두었던 현수막을 잊어버리고 비행기에 오를 뻔했다. 다행히 큰아들이 먼저 생각해 내고 다시 주차장으로 헐레벌떡 뛰어갔다 온 아찔한 시간이 떠올라 가슴을 쓸어내리며 말했다.

"그러게요. 비행기 타기 전에 생각났기 망정이지 그냥 왔으면 큰일 날 뻔했어요"

큰아들이 맞장구를 치고 작은아들은 방에서 아버지를 모셔왔다.

박수 소리와 함께 가운데에 선 주인공에게 아이들은 준비한 크리스털 기념패에 금으로 남편의 사진을 넣어 장식

한 '장한 아버지상'을 전달하였다.

큰아들이 듬직한 목소리로 기념패에 적힌 글귀를 읽어 내려가자 뿌듯한 감동을 연신 짧은 감탄사로 표현하는 남편. 아내에게는 자상하고 믿음직한 남편으로, 아이들에게는 친구처럼 다정한 아버지로 잘살아온 그는 이 자리에서 무슨 생각을 했을까.

"그러고 보니 올해의 생신이 곧 철도의 날이기도 하네요. 오늘만큼은 아빠의 퇴직과 생신을 축하하는 의미로 경적 소리를 내며 힘차게 달릴 것입니다. 어린 시절 달리는 기차 안에서 근무지를 지나칠 때면 아빠의 모습을 보기 위해 유리창에 매달려 밖을 주시하던 모습이 기억나네요. 그 짧은 순간이 지금까지 기억에 남는 것으로 보아 행복했던 기억임이 틀림없습니다"

둘째 아들이 준비한 선물 증정식이 끝나고 막둥이가 두 장의 편지를 읽었다.

아버지의 명예로운 퇴직과 지나온 세월을 존경한다는 아이들.

"고맙습니다. 사랑합니다"

진심을 다해 한 명씩 돌아가면서 뜨겁게 아버지를 포옹해 주는 장성한 아들들을 바라보는 나의 마음은 한없이 흐뭇하고 뭉클하였다.

오월의 약속

태어나서 처음이자 마지막으로 학원에 다닌 적이
있다.

초등학교 6학년 여름 방학 한 달 동안 다녔던 학원에
대한 기억은 30년을 넘게 마음의 빚으로 따라다녔다. 누
가 시키지도 않은 감사한 마음을 스스로에게 '약속'으로
옭아매어 두었기 때문이다. 해마다 오월이 오고 '스승의
날'이 되면 약속은 어김없이 생각나고 그것을 지키지 못
한 마음은 추모하듯 그 시절을 회상하는 시간으로 대신
했다.

초등학교 6학년 여름 방학을 앞둔 어느 날 담임선생님
께서 조용히 나를 부르셨다. 방학 동안 청주 선생님 본가

에 가서 학원에 다녀야겠으니 부모님과 상의해보라고 하셨다. 그래야 하는 이유를 무어라 설명은 하셨지만 구체적인 내용을 이해하기까지는 어린 나이에 시간이 걸렸다.

내용인즉슨 방학 동안 친구 두 명과 함께 선생님 본가에서 미술학원에 다니며 개학과 함께 실시되는 '충북 사생대회'를 준비하라는 것이었다. 숙식은 선생님께서 제공해 주시지만 미술도구와 학원비는 본인들이 준비해 줄 것을 부모님과 상의하라는 것이다.

선생님과 어머니의 면담이 이루어지고 난 후, 나는 두 친구들과 선생님 본가로 들어갔다.

"가정 형편상 선생님께서 마련하라고 하신 금액을 준비해 드리지 못했어. 그러니 네가 다른 친구들보다 더 열심히 하고 집안일도 도와드리고 해야 된다 알았지?"

어머니의 말씀은 두 친구들에게 비밀이 되었고 선생님께서 사비로 마련해준 미술도구를 들고 용화사 근처에 있는 학원으로 버스통학을 하였다.

처음 가본 학원에서 흰색 와이셔츠 소매를 반쯤 걷어

올린 미술학원 선생님의 하얀 피부와 자연스럽게 이마 위로 흘러내린 반곱슬 머리카락은, 어린 촌년의 마음에 도시남자의 이미지로 남았다.

상당 공원으로 야외 스케치를 나갔던 기억. 수강생 중에 유난히 보라색을 많이 사용해서 인상 깊었던 남학생과 '용화사'를 오르던 가파른 계단이 기억 속에 어렴풋이 남아 있다.

짧은 기간 동안 무얼 배웠는지도 모르게 여름방학은 지나갔고 사생대회에 나간 우리들은 아무도 입상을 하지 못하였다. 낙심한 담임선생님을 교감 선생님이 위로해 주시는 모습을 멀리서 지켜보며 은혜를 갚지 못하였다는 마음에 죄송한 마음이 들었다.

선생님의 본가로 들어가기 전날 밤, 어머니의 말씀을 들으며 어린 나는 어머니와 나 자신에게 약속을 했었다.

"엄마 걱정하지 마. 내가 어른이 돼서 돈 많이 벌어서 다 갚을 거니까"

선생님께 미안해하는 어머니의 마음을 위로하고 나 자신에게도 그렇게 다짐을 하고는 어른으로 예쁘게 자라 당당한 모습으로 선생님을 찾아뵙는 상상을 하며 보냈다.

그러나 꿈이나 상상처럼 삶은 그리 녹록지 않았다. 바쁘다는 현실을 핑계 삼아 한해 한해 다음으로 미루곤 한 것이 30년이 넘게 지난 것이다.

"선생님 절 받으세요"

지금으로부터 10여 년 전 어느 날.

두 손 가득 선물을 안고 오래전에 퇴직하셨다는 선생님을 찾아뵈었다. 30년 전 초등학교 6학년 계집아이가 자신에게 한 약속이 지켜지는 날이었다. 절을 하는 나도 절을 받는 선생님도 울컥하셨고, 옆에서 그 모습을 지켜보시는 사모님은 흐뭇해하셨다.

나도 결혼생활을 하고 보니, 그 당시에 계획에 없던 생뚱맞은 지출이 사모님은 얼마나 속상하셨을까 하는 생각을 하곤 했다. 어쩌면 그동안 사모님께 미안한 마음이 있었을 선생님께서도 오늘 찾아뵌 나의 모습에 면목이 섰을 것이다.

선생님을 찾아뵙던 그 날부터 나는 스스로에게 지웠던 마음의 빚을 내려놓게 되었다.

'스승의 날'이 오면 '선생은 있지만 스승은 없다'라는 말로 오늘의 교육을 말하고 있는 것이 현실이다. 오늘날은 참 스승을 찾기 힘들다는 것을 표현한 말이라서 참 씁쓸하다. 그러나, 단순히 지식을 가르치는 선생님이 아니라 삶의 지혜와 어려울 때 길잡이가 되어줄 수 있는 참 스승이 분명 어딘가에는 존재하고 있을 것이라 나는 믿는다.

목련 다방

자신도 모르게 어떤 노래를 듣고 그 노래에 꽂히면 온 종일 흥얼거려지는 경험을 누구나 한 번쯤 해보았을 것이다. 나에게 오늘이 그런 날이다.

너무 진하지 않은 향기를 담고 진한 갈색 탁자에 다소곳이 말을 건네기도 어색하게 너는 너무도 조용히 지키고 있구나…

집안일을 하면서 틀어놓은 음악 중에서 노고지리가 부른 '찻잔'을 연신 입에서 흥얼거렸다.

특히 전주 멜로디가 매력적인 이 노래는 시작하면서부터 무의식의 나를 이끌고 커피 향이 가득했던 제천의 '목련 다방'으로 데려가 주었다.

목련 다방…

그곳에는 이십 대의 풋풋한 나의 젊음과 마음을 나누는 따뜻한 친구들이 있었다.

허름한 건물 이 층에 자리 잡고 있던 그곳은 최백호가 부른 '낭만에 대하여' 하고는 사뭇 느낌이 달랐다. 도라지 위스키도 없었고 나름대로 멋을 부린 늙은 마담도 없었다.

'환타지아' '블랙스톤' '노블레스' 등 서양식 간판을 달고 DJ가 신청곡을 받아 음악을 틀어주는 레스토랑이나 커피숍이 새롭게 생겨날 때도 그 삐걱거리던 나무계단의 이 층에서는 수더분한 다방 주인이 커피잔 옆에 에이스 과자를 가지런히 담아내던 곳이었다.

가장 화려하면서도 아픈 시기, 간절히 되돌리고 싶으면서도 스쳐 보내고 싶은 양가감정이 상존하는 시기에 새로 생긴 레스토랑에서는 LP판들이 빼곡하게 진열된 번쩍이는 뮤직 박스 안에서, 음악의 향연을 집전하던 DJ의 깊이를 알 수 없던 음악적 지식이 우리들을 매료시키기에 충분했었다. 하지만 주머니 사정이 얇았던 우리들에게는 커피값도 싸고 곁들여주는 과자도 마음 편하게 리필해 주는 목련 다방이 만만하였다.

다방을 오르내리는 수많은 사람들의 발자국에 닳아버린 두꺼운 나무계단의 삐걱거리는 소리조차도 우리를 반기는 듯 운치 있었던 목련 다방.

간간이 들어오는 신청곡을 찾아 틀어주기도 했던 그곳은 퇴근 후 친구들과 만나는 가장 편안한 우리들의 아지트였다.

다방 주인은 단골인 우리들이 등장하면 그동안 신청했던 곡들을 알아서 센스 있게 올려주곤 했다. 그리고 가끔 자연스럽게 합석해서 여자들의 수다에 동참하기도 했는데 총각인지 유부남인지 명확한 답은 해주지 않았다. 궁금증은 이혼남이라는 소문을 몰고 오기도 했다.

'목련 다방' 하면 자연스럽게 따라오는 친구들이 명자, 명옥. 연복이다.

뾰족구두를 신은 세련된 단발머리의 명자와 커트 머리

가 잘 어울리던 연복이의 큰 눈망울. 그리고 언제나 예쁘게 잘 웃어주던 명옥이와의 수다는 또 다른 우리들의 즐거움이었다.

사람의 오감 중에서 가장 먼저 열리고 또 가장 늦게 닫히는 것이 바로 청각이라고 한다. 무의식의 세계와 맞닿아 있는 인간의 귀는 뇌와 바로 연결되어 있어 귀를 통해 들어온 소리들은 뇌에서 분류되어 인식된다고 한다. 이것이 우리의 기억에 저장되고 마음을 이루는 소중한 재료가 된 듯, 기억 속에 저장된 한 곡의 노래가 소중한 추억을 연결하는 다리가 되어 나만의 낙원으로 이끄는 시간. 식어가는 커피잔을 만지며 그 시절의 '목련 다방'에서 헤어나지 못할 무렵 무언가 통하였는지 서울 사는 연복이에게서 전화가 왔다. 양반은 못 된다는 나의 말에는 대꾸도 없이 대뜸 어떤 색깔을 좋아하느냐고 묻는다.

"글쎄… 이제 늙어가는 건지 딱히 좋아하는 색깔이 떠오르지 않네. 요즘은 단지 그것이 무엇이냐에 따라 선호하는 색깔이 달라지는 것 같아. 왜 심리 테스트하려고?"

대답을 하면서도 명확하게 어떤 색깔이 좋다는 생각이 빨리 떠오르지 않는 걸 보니 내가 어떤 색깔을 좋아하긴 했었나 하는 의문까지 들 정도였다.

"그릇은 흰색이 좋고… 옷은 어떤 색이건 지금의 내게 어울리는 게 좋고… 아무튼 이제는 뭐가 됐든지 편안하게 어울리는 것이 제일 좋아. 근데 왜?"

"오랜만에 시간이 나서 너의 가방 하나 뜨개질해서 주려고 물어봤다. 커피색 어떠니?"

명확하게 답변하지 못하고 구구절절 헤매는 내가 딱해 보였는지 서프라이즈로 준비하려던 계획이 김빠진다는 듯 털어놓는 연복이.

"우왕! 감동! 커피색이면 어느 옷이건 잘 어울리는 색이지~~~ 고맙다 친구!"

"너무 기대는 하지 말어. 나 꼴리는 대로 완성해서 보내줄 테니"

툭 던져놓는 그녀의 말을 받아 목련 다방 속에서 지금 헤매는 중이라고 했더니 명자 소식이나 알아보라며 전화도 툭 끊는다. 무심한 듯 진한 그녀의 우정에 피식 웃음이 나왔다.

그래. 오늘은 이쯤에서 그 삐걱대는 목련 다방의 계단
을 걸어 내려와야겠다.

택배기사의 선행, 그것은 감동

비행기에 오르기 이틀 전에 제주도에 있는 친구에게서 연락이 왔다. 친구와 단둘이서 머물 수 있는 공간과 시간이 잠시 마련되어 있으니 올 수 있느냐고 물었다. 갑작스러운 제안에 살짝 당황스러웠지만 곧 가겠노라고 대답했다. 고향 친구인 그녀는 얼마 전 아버지를 여의고 마음이 아픈 상태였고 나 또한 갑작스러운 어머니의 병환과 코로나로 제대로 된 문상을 하지 못하여서 무거운 마음이었다. 미안한 마음도 전하고 서로 슬픈 마음을 위로하고 위로받을 수 있는 시간이라는 생각도 들었다.

제주도 공항에 도착하자 기다리고 있던 친구는 바닷가 드라이브를 먼저 시켜 주었다.

남편의 직장 때문에 제주도에서 일정 기간 살았던 친구

는 제주도를 잘 알고 있었다. 그동안 힘들었던 무거운 마음을 서로 나누며 어린 시절 각자의 시선에서 바라보았던 친구 아버지의 모습과 삶에 대해 추모하듯 이야기도 나누었다. 친구 또한 나의 어머니에 대한 안부를 물으며 친구의 기억에 남아 있는 어머니를 같이 걱정해 주었다. 자신의 슬픔보다는 상대의 아픔을 더 위로하던 우리는 어느새 부모를 떠나보내야 하는 나이가 된 것에 서글퍼하였다.

친구의 큰아들은 제주도에서 직장 생활을 하고 있다. 그동안 살고 있던 집이 계약 만료되는 아들을 위해 친구가 미리 이사할 집을 구해 둔 곳에서 우리 둘이 사나흘 머물게 된 것이다.

깨끗하게 꾸며진 원룸을 살펴보다 나의 시선이 머문 곳은 침대 맞은편 벽면에 붙여진 글귀였다. '아빠 사랑해요' '엄마 사랑해요' '멋진 광묵이' '귀욤이 상묵이'.

종이박스 위에 익살스러운 그림과 함께 쓰인 글귀를 오려 붙인 것이다.

"어머! 재미있다. 아들이 쓴 거야? 딸 부러운 것 없네"

"응. 작은아들이 쓴 건데 저게 사연이 있는 거란다. 택배기사가 만들어준 추억이 정말 고마워서 버리지 못하고 붙여 둔 거야"

사연은 이러하였다. 타지에서 직장 생활을 하는 작은아들이 집으로 택배를 부쳤는데 아마도 박스가 파손되었던 것 같다고 했다. 이동을 위해 다른 박스로 내용물을 옮기던 택배기사가 파손된 박스의 날개 네 곳에 쓰인 위의 글귀를 본 것이다. 가족을 향한 사랑이 담뿍 담긴 아름다운 글귀를 차마 버리지 못하고 궁여지책으로 그것만 오려서 새 박스 안에 함께 넣어 배송되었다는 것이다. 이 작업이 어디에서부터 이루어졌는지 알 수 없지만 이름도 얼굴도 알 수 없는 택배기사의 아름다운 배려가 감동이었다.

며칠 전 올라온 기사에는 새벽 배송을 하던 택배기사가 살려 달라는 비명 소리에 차를 멈추고 위험에 처한 사람을 구했다고도 한다. 바쁜 시간이었지만 경찰서에 먼저 신고하고 울부짖는 사람을 도와주기 위해 차에서 내려 추가 범행을 막을 수 있었다는 내용이었다.

"도와달라고 하는 게 아니라 살려달라고 말씀을 하셨어요. 살려 달라는데 살려 주는 게 도리잖아요"라고 말한 택배기사의 인터뷰도 눈길을 끌었다.

재빠른 판단으로 귀한 생명을 구할 수 있었던 일은 아무나 할 수 있는 일인 것 같지만 아무나 하지 못하는 용감한 일이다. 친구가 소중하게 간직하고 바라보는 글귀 또한 택배에 종사하시는 분의 따뜻한 마음이 없었다면 아이의 마음이 버려졌을 것이다.

주문한 물건을 기다리는 사람들에게 물품만이 아니라 따뜻한 마음까지 배달한 택배기사분들의 선한 영향력이 봄날처럼 고맙고 따뜻하다.

고향 연가

그동안 코로나19로 모든 공연이 미뤄지거나 취소된 가운데 지난 금요일에는 조심스럽게

'충주 음악 창작소'에서 'K-TROT 愛 미치다' 라이브 공연이 있어 다녀왔다.

일부 객석을 선착순 예약제로 운영하고 대면 공연과 비대면 공연을 함께 진행하는 형태였다. 오프라인 공연은 40여 명으로 제한적 객석 운영 중이라는 안내를 받고 공연장에 입장하였다.

시간이 되자 '나팔 박'이라는 출연자의 색소폰 연주로 공연의 막이 올랐다. 가을밤에 울려 퍼지는 색소폰 소리는 어느 계절보다 더 절실하게 마음에 닿는 소리다.

트럼펫 연주까지 더해진 무대가 무르익고 그동안 문화

생활에 목말랐던 마음을 이렇게라도 축일 수 있음에 감사했다.

오랜만에 마련된 무대에 서는 출연자들이 공연에 최선을 다하는 모습을 보여 주었고 당연하게만 여겼던 시간들이 얼마나 소중한 것인지를 깨달은 관객들도 공연에 힘찬 박수를 보냈다.

지난밤 꿈속에서 찾아간 고향
금수산 산새 소리 구슬프구나
한벽루 팔영루 물속에 잠겼네
용궁으로 변해버린 내 고향 청풍
황석나루터 뱃사공 어디로 갔소
정든 고향 잃어버린 청풍 사람들

용궁으로 변해버린 내 고향 청풍
북진나루터 뱃사공 어디로 갔소
정든 고향 두고 떠난 청풍 사람아
오늘도 불러본다 청풍연가를
눈물로 불러본다 청풍 연가를

― 노윤태 작사 · 곡

가수 조재권이 부른 '청풍 연가'다.

출연한 무명 가수들이 부르는 노래들 중에 멋 부리지 않은 정확한 발음의 노랫말이 귀에 쏙쏙 전달되어 가슴을 두드렸던 곡이다. 노래 가사가 충주댐, 청풍호가 만들어지면서 잃어버린 고향을 그리워하는 실향민의 안타까운 사연을 담고 있는 곡이라 더 몰입되어 먹먹했다.

물속에 잠긴 고향의 옛 추억을 그리는 사람들을 생각하며 집중하여 들었던 것은 나름의 이유가 있었다.

어린 시절, 방학이 되면 외할머니댁인 덕산에 다녀올 때면 꼭 들러야 했던 곳이 황석나루터였다. 다리가 없던 그 시절. 강을 건너기 위해 커다란 배 위에 올라탄 버스를 사공이 힘껏 삿대를 저어 실어 나르던 풍경이 지금은 낭만처럼 기억되는 곳.

뿌연 먼지를 휘날리던 비포장 신작로와 미루나무 가로수길, 그리고 출발 신호로 버스를 두드리며 '오라~잇'을 외치던 안내양의 모습도 미루나무 꼭대기에 걸쳐있던 조각구름의 동요처럼 남아있다.

짧은 순간 아련하게 유년의 기억을 터치해 준 조재권의 '청풍 연가'에 빼앗긴 마음을 추스르게 하는 익숙한 반주가 다시 무대에 집중하게 하였다.

공연에 들어오기 바로 몇 분 전 자동차 안에서 라디오를 통해 흘러나온 노래를 흥얼거렸는데 이정옥의 '숨어 우는 바람 소리'였다. 그런데 그 이정옥이 다리를 다쳤다며 휠체어를 타고 무대에 등장한 것이다. 그녀의 출연을 모르고 있었던 터라 겹쳐지는 우연에 마음이 흥분되었다.

그녀의 라이브는 미처 베어내지 못한 옥수수 대궁 사이로 서걱거리는 바람 소리가 들리는 듯 깊어가는 가을의 정취를 더해주었다.

오늘 나의 키워드는 '고향'이었고, 고향은 언제 어디서든 문득 차오르는 그리움에 숨어 우는 바람 소리를 듣는 것이다.

사과나무 이야기길

충주시 근교에 있는 초등학교 4학년 학생 170여 명이 '사과나무 이야기길' 탐방을 온다는 연락을 받았다. 담당 선생님으로부터 사흘에 걸쳐 다녀가겠다는 연락을 받고 지현동 행정복지센터에 들러 동장님을 만났다. 학생들이 사과나무 이야기길을 둘러보기 전에 주민센터에서 동장님도 뵙고 주민을 위해 어떤 일을 하는지도 알려주면 좋을 것 같다는 생각에서였다.

흔쾌히 회의실을 내어주시며 혹여나 방문하는 사람들이 춥지 않도록 히터를 틀고 학생들을 배려해 주시는 동장님의 마음이 따뜻하게 다가왔다. 학생들의 시끌벅적한 목소리가 가깝게 들리는 것을 보니 도착한 모양이다.

벽화 해설사인 내가 회의실로 학생들을 안내하였다. 지현동의 동장님을 소개하자 천진난만한 아이들이 호기심 가득 동장님의 이야기에 귀를 기울였다. 동장님은 주민센터에서 하는 일을 자세하고 친절하게 설명했다. 시청이 큰집이라면 주민센터는 작은집으로서 주민들을 위해 하는 여러 가지 일들을 아이들의 눈높이에 맞춰 설명해 주었다. 학생들의 질문도 이어졌다. 그중 우리나라에서 제일 처음 생긴 동은 어디냐는 물음에 동장님도 모른다고 대답하자 아이도 금방 수긍하는 모습이 귀여워 저절로 미소가 지어졌다. 주민센터에 처음 들어와 본 학생들은 직원들이 일하는 모습을 궁금한 듯 기웃거리기도 하였다.

동장님의 따뜻한 배웅을 받고 학생들과 함께 사과나무 이야기길로 걸음을 옮겼다.

먼저 '글 꽃길'에 들어서자 예쁜 글귀와 그림을 담은 엽서들이 담장에서 포즈를 취하며 기다리고 있었다. '걱정마 넌 지금도 충분히 잘하고 있으니까' '네가 좋아서 풍덩 빠졌어' '항상 감사해요' 등 예쁘고 좋은 글귀들을 사진으로 찍어 부모님이나 친구, 또는 선생님께 보내라는 해설

사인 나의 말에 아이들은 사진 찍기에 여념이 없었다. '글꽃길'을 지나 '사랑이 꽃피는 계단'으로 이동하면서 교가도 부르고 노랫말이 고운 동요도 부르고 요즘 유행하는 가요도 불렀다. 골목길에는 아이들이 부르는 노랫소리가 생기 있게 뛰어다녔다.

충주에 사과나무가 심어진 것은 1912년 지현동에 조생종 사과 50여 주가 처음 식재되었다, 지현동의 사과나무 이야기길은 재즈길, 글길, 동화길, 글꽃길, 사랑이 꽃피는 계단, 사계절 길, 빛동산 등이 있는데 이곳의 특색은 지역 작가들이 애향심으로 함께 만들어낸 골목길이다. 그래서 인지 주민들 또한 많은 관광객들이 다녀가는 중에 알게 모르게 불편함이 있을 수 있겠지만 넉넉한 마음으로 정성을 다해 손님맞이를 해주고 있는 따뜻한 동네이다.

"선생님 제가 우리 엄마한테 사진을 보냈는데 답장이 왔어요 '엄마도 사랑해' 이렇게 왔어요"
"그래 참 좋겠구나. 엄마도 사랑한다는 답장을 받아서 행복하겠네"

'글 꽃길'에서 찍은 글귀를 엄마에게 보낸 여학생의 말이 끝나기가 무섭게 우리 엄마에게서도 답장이 왔다며 남학생이 달려와 자랑을 한다.

"우리 엄마는 '사랑해 아들' 이렇게 왔어요"

"그래. 축하한다"

"우리 엄마는 바빠서 문자 확인을 할 수 없어요."

"그렇구나, 문자 확인하시면 분명히 답장 보내주실 거야"

"맞아요!"

앞다투어 자랑하는 아이들은 세상을 다 가진 듯 콧노래가 절로 나왔고 미처 답장을 받지 못한 아이들은 바쁜 부모님을 감싸는 예쁜 마음을 드러내었다.

담임선생님들은 자기 반 학생들을 챙기면서 사진을 찍어주기 바빴다. 아이들도 스스럼없이 선생님과 팔짱을 끼고 걸어가고 있는 모습이 무척 아름답게 보였다. 그런 아이들이 마냥 사랑스러운지 내내 잔잔한 미소를 짓던 젊은 여선생님의 섬세함이 인상적이었다.

그날. 사과나무 이야기길에는 부모와 자식 간의 사랑과 사제 간의 사랑이 사과 향처럼 달콤하게 퍼졌다.

그놈 목소리

'김순덕님 리모와 캐리어 출고 예정되었습니다. 이용해 주셔서 감사합니다'라는 문자가 들어왔다. 쇼핑도 결제도 한 적이 없는데 날아온 문자는 고개를 갸우뚱하게 했다. 발신이 서울 지역번호라서 전화를 걸어볼까 하다가 그만두었다. 내 카드로 결제승인 문자가 오지 않았고 누군가 선물로 보냈다면 그때 확인해도 늦지 않겠다는 생각이 들어서였다. 그렇게 잊고 있었는데 '금액:978,000원 결제 완료되셨습니다.'라는 문자가 또 들어왔다.

애써 무시했는데 두 번째 문자를 받고 보니 이대로 있어도 되나 싶은 마음이 들었다.

도대체 어떤 카드로 결제가 되었다는 것인지 궁금하여 카드승인 문자를 뒤져봐도 승인된 금액이 없었다. 혹시나

통장으로 자동 이체되었나 싶어 확인했지만 특이 사항도 없었다. 그래도 살짝 불안한 마음에 인터넷 검색을 해보니 보이스피싱 문자였다. 회신 시 피해가 발생할 수 있다는 안내글을 보고 연락해 보지 않았던 것에 가슴을 쓸어내렸다. 아직도 기승을 부리고 있는 보이스피싱은 '그놈 목소리'를 상기시켰다.

십여 년 전, 아들이 고등학교 시절에 보이스피싱에 놀랐던 경험이 있다. 느긋한 오후, 마른빨래를 개고 있을 때 유선 전화벨이 울렸다. 엉덩이를 밀어 전화를 받으니 쉰 목소리의 굵직한 남자의 음성이 아들의 이름을 대며 맞느냐고 물었다. 순간 멈칫하는 나와는 상관없이 전화를 바꿔 주었다.

"엄마…"

울음을 꽉 문 아이의 음성이 들려온다.

"너 어딘데, 왜 그러니?"

의외로 차분하게 묻는 나에게 수화기 너머의 목소리는, 쉬는 시간에 친구와 학교 밖으로 잠시 나왔다가 형들에게 잡혀 있다는 것이다. 간신히 알아들을 수 있게 울먹이는 아이와 다르게 차분한 목소리로 질문하는 나에게 다시 남자의 목소리가 들려왔다. 아이가 많이 다쳤다는 것이다.

"그래요? 교실에 있어야 할 아이가 왜 거기서 전화를 하는지… 아무튼 일단 학교에 상황을 알아보고 이 번호로 다시 전화 드리겠습니다"라는 나의 말을 끝으로 전화는 끊겼다.

들고 있던 수화기를 내려놓지 않고 바로 학교로 다이얼을 돌렸다.

"제가 이런 전화를 받았는데 미심쩍기는 하지만 저는 아이의 목소리를 들어야 안심이 되겠습니다. 수업 중이라 죄송하지만 지금 당장 아들과 통화를 원합니다"

학교 측에서는 알겠다며 잠시 기다리라고 하였다. 전화를 기다리는 동안 조금 전의 침착함은 어디로 갔는지 나는 좌불안석이었다. 머릿속에서는 아이의 학교 운동장과 건물 뒤편에 있는 후문이 그려졌고 영화에서나 본 피투성이 얼굴이 상상되었다. 머리를 흔들며 전화기만 들여다보고 있을 때 아들의 전화가 걸려왔다. 별일 없다는 아이의 목소리를 듣고 긴장이 풀렸는지 그제야 헛웃음이 나왔다.

　내가 '그놈 목소리'에 침착할 수 있었던 것은 그놈이 말한 아들의 이름은 개명 전 이름이었고 개명한 지 2년이나 지났는데 모르는 사람이 개명 전 이름을 알고 있다는 것이 의심스러웠기 때문이다.

　그때의 일이 담담하게 지나갔다고 생각했는데 아직도 그놈 목소리가 생생하게 기억되는 건 내가 엄마이기 때문인가 보다.

포근한 사랑

코로나19로 생긴 '사회적 거리'라는 낯선 단어가 부모도 형제도 이웃과 동료도 거리를 두고 조심 또 조심해야 하는 상황이 힘겨운 시간들이다.

마치 재난 영화를 보는 것 같고 꿈을 꾸는 것 같기도 하다.

불필요한 외출을 자제하라는 국민행동수칙에 맞춰 집 안에 머물면서 삶을 차분하게 돌아보는 기회로 삼고 있는 중에도 어김없이 봄은 문고리를 잡고 흔든다.

대지 위에 꿈틀거리는 봄기운이 뜰 안에 심겨 있는 진달래를 깨우고 분홍 립스틱을 바른 꽃봉오리가 봉곳이 부푼 입술을 내밀며 금방이라도 화사한 웃음을 흘릴 준비가 되어 있다.

봄바람에 쥐어박힌 매실나무도 기분 좋게 꽃눈을 틔워 냈다.

살랑살랑 불어오는 꽃바람에 기분도 전환할 겸 평소에 가보고 싶었던 엄정면 추평리에 있는 추평저수지를 찾았다. 가춘교 근처에 차를 세우고 솔잎 양탄자가 깔린 저수지의 둘레길을 걸었다. 철새들도 쉬어가는 추평저수지에는 오리 떼가 자맥질하고 특이한 잠수 능력을 가진 가마우치가 날쌘 사냥 실력을 자랑하고는 물수제비를 뜨며 날아오른다.

때마침 물 위를 건너온 바람이 솔가지를 가볍게 흔들며 솔향기를 건네준다. 이 순간 오직 나만을 위한 공연을 보여 주는 자연이 당연한 것이 아니라 감사한 것임을 또다시 깨닫는 순간이다. 아름다운 풍경을 눈에 담으며 다음 시선이 멈춘 곳은 봄기운 잔뜩 머금은 버들강아지다.

갯버들이라고 불리기도 하는 버들강아지의 부드러운 솜털이 햇살 사이로 반짝인다.

일부러 찾아 나서지 않으면 볼 수 없는 버들강아지. 몇 년 만에 보게 된 은빛 머리의 버들강아지가 마치 어린 시절 소꿉친구를 만난 듯 반가웠다.

'포근한 사랑'이라는 꽃말을 가진 버들강아지는 혹시나 들바람에 감기 걸릴까 염려스러워 두르고 나온 머플러의 질감처럼 부드럽다. 그러고 보니 내가 두른 머플러에도 '포근한 사랑'이 깃들어 있다.

코로나19가 성행하기 전, 초등학교 동창 복남. 정란. 은예와 1박 2일 시간을 함께했다.

세 친구를 다 만난 적이 있는 나와는 달리 정란이와 은예는 복남이를 40년 만에 만나는 자리였다. 설레는 마음에 약속 전날 밤에는 잠도 오지 않았다는 친구들이 흥분을 감추지 못하고 서로 끌어안고 발을 동동 굴렀다. 40년의 세월 속 함께 하지 못한 낯선 시간 속에서 어린 시절에 남아 있는 모습을 찾느냐 서로 부산스럽다.

십 년이면 강산도 변한다고 했다. 삶의 굴곡과 세월을 견뎌온 나이테가 느껴지는 그녀들의 시선은 초등학교 시절에 멈춘 추억을 찾아내기에 바빴다. 그리고 새로운 추억을 만들기에도 열중이었다. 제법 나가는 밥값을 혼자 계산하는 멋진 모습을 보인 정란이와 함께 누가 먼저랄 것도 없이 약속하지 않은 선물이 오고 갔다.

이 나이에 꼭 필요한 영양크림과 멋진 패션을 연출할 수 있는 쓰임새가 좋은 머플러. 추억 소환을 위해 메밀전병과 메밀전에 곁들여진 불량식품 쫀드기 등을 펼쳐놓고 깔깔대며 공기놀이도 하였다. 마치 그동안 함께하지 못한 시간을 보상받으려는 듯 새벽 네 시까지 잠들지 못하고 무슨 이야기를 그리 나누었는지….

눈부시게 따뜻한 추억이 몽글몽글 버들강아지로 피어올랐다.

아직은 이른 봄이지만 봄 중에서 가장 아름다운 말은 무엇일까?

새봄. 꽃봄. 늘봄. 바라봄 등이 있지만 아마도 가장 아름다운 말은 '마주 봄'이 아닐까 싶다.

사랑하는 사람들과 마주 보며 식사를 하고 담소를 나누는 것이 당연하게만 생각됐던 일상들이 얼마나 소중한 시간들이었는지를 새삼 느끼게 되는 요즘이다.

위로

활동하고 있는 밴드에 장문의 글이 올라왔다. 아침 기상 시간에 잠자리에서 뒤척이며 확인한 글은 '나는 갑니다 훈계서 한 장 가지고. 동이 트지 않았지만 나는 갑니다'로 시작되었다.

슬픔이 가득 배어있는 글을 읽으면서도 잠이 덜 깨어서인지 이해가 가지 않았다.

글을 올린 회원의 댓글을 보고서야 우한 폐렴의 심각성을 세상에 알리다가 중국 공안의 훈계를 받고 본인도 감염되어 죽음을 맞이한 의사 리원량의 유서임을 알게 되었다.

'마음에 통증과 슬픔이 바람처럼 지나가고 있다'는 회원의 댓글을 보면서 국적과 상관없이 나도 먹먹한 마음이었다. 특히 아들인지 딸인지도 모르는 아직 배 속에 있는 아기가 태어나서 사람들의 물결 속에서 자신을 찾을 것이라는 말이 얼마나 절절한 슬픔으로 다가오던지…

어린 자식들을 두고 먼저 가는 젊은 아버지의 아픔과 슬픔이 고스란히 전해져 왔다.

그의 안타까운 죽음 앞에 이제야 중국 우한의 당서기 마궈창이 신종 폐렴 발병을 제때 알리지 않았음을 후회했지만 늦어도 너무 늦은 후회다.

옛말에 '병은 자랑해야 낫는다'고 했다. 그래야 약이 먼 데서도 듣고 처방하러 온다는 뜻으로 널리 알려야 도움을 받을 기회가 더 많아지는 것이다.

전 세계를 공포로 몰아가는 신종 코로나바이러스 때문에 지역의 모든 행사가 취소되거나 미뤄지고 있다. 공식적인 행사 말고도 친구, 지인들 간의 식사도 될 수 있으면 자중하는 분위기다. '언제 밥 한번 먹자'라는 말은 사람과 사람의 정이 한 끼 식사로 더 돈독해지기 마련인데 조심스러운 분위기 때문에 식당도 손님이 많이 줄었다고 한다.

하루빨리 이 어려운 현실에서 벗어날 수 있기를 기도하며 얼마 전에 퇴원한 지인과 '행복한 우동가게'에서 점심 식사 시간을 가졌다. 행복한 우동가게에는 손님으로 온 많은 사람들이 잠시나마 시인이 되어 적은 짧은 글들이 벽면 가득 붙어있다. 많은 글귀들 속에서 하얀 A4 용지 위에서 슬프게 몸부림치는 글귀가 유난히 나의 시선을 끌어당겼다.

'죽을 것 같다. 살 고 싶 다'

꾹꾹 눌러쓴 한 글자 한 글자는 지인과 함께 나누는 이야기에 집중할 수 없게 만들었다.

누가, 언제, 무슨 사연으로 이런 글을 썼는지는 알 수 없지만, 그 사람에게는 지금 어떤 위로의 말도 귀에 들어오지 않을 것이다. '힘내'라는 긍정적인 말은 어떤 에너지가 주어지면 더 뛸 수 있을 거라는 기대감과 격려에서 들려주는 말이다. 그 정도의 말에 반응할 수 있는 정도가 아닌 것 같아서 더 신경이 쓰였다. 대화에 집중하지 못하는 나를 바라보며 지인은 종이와 펜을 달라고 해서 이렇게 썼다.

'내가 가보지 않은 시간 같아요. 미안해요'

미안하다는 그 말이 또 다른 위로가 되었기를 소망해 보며 그를 위한 화살기도를 했다.

사람은 인생을 살아가면서 내 뜻대로 되지 않으면 화가 나거나 좌절과 상실 등 우울한 감정을 느끼게 된다. 이런 감정들은 그 상황이 어느 정도 시기가 지나면서 점차 줄어들었다가 다시 일상으로 돌아가기도 하는데 그래서인지 시간이 약이라는 말이 참 와닿는다.

'괜찮아?'라고 물으면 대부분 괜찮다는 대답으로 돌아온다. 정말 괜찮아서가 아니라는 것을 알고 있으면서도 정말 괜찮기를 바라는 또 다른 위로다.

엄마, 봄나물 캐러 가요

멀리 사는 친구들에게서 생일 축하 문자가 들어왔다. 나도 모르는 내 생일이라는 것이 의아했지만 양력으로는 맞는 날이기는 했다.

"친구야 오늘 찐생 맞니? 프사가 빵빵 터지네. 생일날에는 자신에게 너그러워지고 마음의 텃밭에서는 감사한 싹이 막 자라는 느낌이 들더라. 축하해 생일"

하루하루 바쁘게 살아가며 생각할 것도 할 일도 많은 가운데 친구들이 어떻게 나의 생일을 챙겼는지 궁금증이 풀리는 문자였다. 이런 민망한 일이 있을 것 같아서 활동하고 있는 모든 SNS에 생일 공개를 하지 않았는데 어찌

된 일인지 당황스럽기는 했지만, 덕분에 모처럼 친구들의 안부와 소식을 나눌 수 있어서 고마웠다.

양력으로는 맞는 날이라며 고맙다는 나의 답변에 또 다른 친구는 "글쿠나. 오늘 내 음력 생일이었는데 너랑 나랑 생일 같은 줄 알고 깜놀했네. 생일인 오늘 낮에는 미처 엄마에게 전화도 못 했네 그려."

친구는 다시 문자를 보내오며 친정어머니에게 전화하지 못한 것에 마음을 쓰고 있었다.

친구처럼 나도 생일을 맞으면 '낳아주셔서 감사하다'는 전화를 어머니에게 매년 드리곤 했었는데 이제는 그런 전화조차 마음껏 할 수 없는 현실이 우울했다.

두어 달 전 어머니께서 갑자기 쓰러지셨다. 다행히 지금은 처음보다 호전되시는 것 같긴 하지만 병원에 계시는 어머니와 평소처럼 통화도 할 수 없고 삶의 조언과 지혜를 들을 수 없는 지경이 되었다. 더군다나 코로나로 면회도 자유롭지 못한 것에 늘 마음이 무거운 나날이다.

우울한 마음도 달랠 겸 봄이 오는 들판으로 나섰다. 벌써 냉잇국을 몇 차례나 끓여 먹었다는 지인의 말을 듣고 나도 봄을 캐러 나선 것이다. 들판 밭고랑 곳곳에 나물 캐는 사람들이 심심찮게 보였다. 예전에는 삼삼오오 짝을 지은 아낙네들이 익숙한 모습이었다면 요즘은 부부가 함께하는 모습이 많이 눈에 띈다. 이것 또한 코로나가 바꿔 놓은 풍경인 듯싶다.

봄이 오면 놓치지 않고 꼭 제철 음식으로 먹고 가는 나물이 있다. 봄을 대표하는 달래. 냉이도 좋지만 나는 지천으로 깔려있어서 지칭개라 불린다는 나물을 좋아한다.

지칭개 고유의 쓴맛을 장시간 물에 담가 충분히 우려낸 다음 된장을 풀고 다듬어진 지칭개에 콩가루를 입혀 약한 불로 푹 끓여내면 구수한 지칭개의 식감이 그렇게 좋을 수 없다.

결혼하고 처음 지칭개국을 내 손으로 끓이던 날, 쓴맛을 제거하지 못하고 실패한 사연을 어머니께 하소연하였다. 가만히 듣고 계시던 어머니는 찬찬히 쓴맛이 나지 않는 방법을 설명해 주시며 당신이 아직 자식에게 어떤 도움이 될 수 있다는 사실에 뿌듯해하셨다. 어디 그뿐이랴. 살아가면서 부딪히는 소소한 문제들을 안부 삼아 어머니의 지혜를 빌리곤 했었다.

　병원으로 어머니께 면회 가는 날이면 긴장되고 한편으로는 설렌다. 평소에는 느껴보지 못했던 수많은 감정들이 올라오기도 한다.

　"엄마, 밖에는 봄이 오고 있어요. 왜 여기 누워 있는데… 얼른 나아서 집에 가야지.

　어제가 정월 대보름이었는데 달이 참 슬프도록 밝았어. 오곡밥은 못 해 먹었지만 대신 지칭개국 끓여 먹었어요. 엄마 나물 캐는 거 좋아하지. 가자. 봄나물 캐러 가야지"

　나물 캐러 가자고 울먹이는 나의 말에 어머니의 눈이 잠시 반짝였다.

　아무리 퍼내도 마르지 않는 어머니의 사랑은 그 어느 순간에도 멈추지 않을 것 같다.

chapter 2

한 사람 한 사람이 책이다

소통이 되는 질문

오랜만에 박달재 옛길에 올랐다.

박달재에는 경상도의 젊은 선비 박달 도령과 충청도의 어여쁜 낭자 금봉이의 이루지 못한 사랑이 애절한 전설로 내려온다. 하지만 터널이 뚫리기 전의 박달재는 나에게 있어 구불구불한 길만큼 속을 뒤집어 울렁이게 했던 끔찍한 버스 멀미가 제일 먼저 생각나는 곳이다.

기름 냄새나는 버스는 뱀의 몸뚱이가 기어가듯 하였고 나는 뱀에게 잡아먹혀 그 안에서 몸부림치는 먹잇감 같았다. 비포장 고갯길에 온몸을 뒤흔들던 몸을 지탱하기 위해서 안간힘을 다해 버스 손잡이에 매달려 멀미를 참아야 했던 순간이 이제는 기억으로 머무는 곳.

세월은 흘렀고 뻥 뚫린 도로 대신 옛길이 정겨운 것은

지나온 세월에 대한 그리움 때문일지도 모르겠다. 기억이 머무는 신작로 가에는 이름 모를 들풀이 무성하였고 하늘은 먹구름을 잔뜩 입에 물고 심술궂게 내려다보며 언제라도 한차례 내뿜을 기세다. 한 손은 운전대를 잡고 차창 밖으로 내민 다른 손에서는 움켜쥔 바람이 손가락 사이를 빠져나간다.

차량 통행이 거의 없는 고갯길을 차창으로 들어오는 바람을 맞으며 흔들리는 모든 것과 인사를 나눌 때 후두둑 떨어지는 굵은 빗방울은 앞으로 다가와 창문을 몇 번 두드리다 싱겁게 이내 멈췄다.

박달재 정상 휴게소 입구에 다다르자 전설 속의 두 남녀를 달래기라도 하듯 '울고 넘는 박달재'가 마치 진혼곡처럼 끊이지 않고 울려 퍼졌다.

주차장에는 관광 명소답게 때마침 도착한 관광버스가 문을 열고 사람들을 토해내고 있었다.

중독성 있게 귀에서 맴도는 '울었소 소리쳤소 이 가슴이 터지도록'를 흥얼거리며 차에서 내려 주변을 돌아보았다. 우리나라에서 자생한 천년 된 느티나무 안에 아미

타 부처님을 조성한 목굴암 앞에는 연신 허리를 숙이며 소원을 비는 사람들의 모습이 눈에 들어왔다. 그들의 소원이 무엇이건 다 이루어지기를 바라는 마음을 나도 보태며 성각스님이 오랜 각고 끝에 조성하였다는 오백나한전과 2층에 마련된 시목 전시관을 돌아보았다.

목굴암 건너편 '시목당'에 관광객이 모여 있었다. '시목당'이란 나무를 섬기는 작업실이라는 당호다. 평소에 열려있는 모습을 본 적이 없는 나는 호기심과 궁금한 마음에 다가가니 성각스님의 목소리가 사람들의 틈새를 비집고 들려왔다.

어떤 연유에서인지 모르겠지만 죄송하다는 말을 남기고 관광객들은 일행과 함께 돌아갔다.

"안녕하세요. 스님! 좀 돌아봐도 될까요?"
"일행이 아니었소?"

많은 관광객이 드나들기에 말없이 조각에만 열중하던 중 참지 못하고 스님이 한마디 하게 된 경위를 슬쩍 내비쳤다. 양해도 없이 남의 작업장에 들어와서 시끄럽게 떠

들며 사진을 찍고 스님의 의자에 앉는 것까지는 이해할
수 있었는데.

"조각을 하는 모습을 보면서도 조각가 앞에서 이거 붙
인 것이 아니냐고 묻고 있으니…

나는 사명감을 가지고 평생을 해온 일인데 질문을 해도
소통을 할 수 있는 질문을 해야지"

"말씀해 주시길 잘하셨어요. 잘못된 것을 알아야 다른
곳에 가서도 실수를 하지 않죠"

관광객들 사이로 들려오던 스님의 말들이 이제 이해가
갔다. 정작 스님 앞에서 예의 없는 질문과 행동을 하던 사
람은 민망함 때문인지 다 듣지 않고 일찍 나갔고 남아 있
던 일행들이 사과를 했다는 것이다. 아니면 말고 식의 질
문은 상대를 존중하지 않는 것이고 그것에 대한 대답 또
한 자신이 존중받지 못한 결과를 얻는 것이다.

그리고 보니 살아가면서 부끄러움이 우리의 몫이 되는
경우가 허다한 요즘이다.

낀 세대

삶에 지쳤다는 친구가 하소연을 하였다. 어디라도 좋으니 여행을 떠나자고 한다. 자신을 억누르는 주변의 일상에서 하루라도 벗어나고 싶다고 했다. 일찍 돌아가신 아버지를 대신해서 맏딸이라는 이유로 고등학교 졸업 후 친정의 실제적인 가장 노릇에 이제는 지쳤다고도 한다.

늙고 병든 어머니 때문에 부딪혀야 하는 형제간의 갈등 또한 답답한 현실에서 숨이 막혀 죽을 것 같다고 했다.

"어쩌면 좋니. 차라리 이 꼴 저 꼴 보지 않고 일찍 돌아가셨으면 좋겠지만 삶에 대한 욕구가 대단하시네. 정신이 멀쩡하시니 당신이 어떤 병에 걸려 있는지를 말씀드리기도 어렵고…"

젊은 날에 혼자되어 맏딸을 남편 삼아 살아온 어머니의 지난날을 알고 있는 딸로서 해서는 안 될 말이라는 것도 친구는 알고 있었다. 아래로 남동생과 여동생이 있지만 오래전 남동생에게 빌려준 사업 자금을 돌려받지 못하면서부터 남매의 분쟁은 시작되었다.

어느 집안이건 형제간에 싸움이 시작되면 고래 싸움에 새우등 터지듯 자의든 타의든 그 고통은 부모에게 고스란히 전해진다.

'잘 되면 내 덕이고 잘못되면 조상 탓'이라고 자식들끼리의 분쟁에 부모는 원망의 중앙에 서게 된다. 친구의 사정을 잘 알고 있는 나로서는 그저 가만히 들어줄 수밖에 없었다. 어설픈 충고는 그녀를 더 힘들게 할 수도 있기 때문이다.

"너도 알다시피 나는 창피하게 생각될 정도로 남들은 한 번쯤 다녀왔다는 그 흔한 해외여행조차 가본 적 없이 열심히 살았는데 이제는 정말 지쳤어."

해외여행은 못 가더라도 어디든 떠나고 싶다는 친구와 어렵게 일정을 맞춰 강원도 속초에 숙소를 예약하였다. 현실에서 잠시나마 벗어날 수 있다는 기대로 친구는 여행에 몹시 들떠 있었다. 나 또한 어떻게 하면 더 알차고 친구에게 힐링이 되는 여행이 될까를 생각하며 열심히 일정을 짰다.

여행을 떠나기 이틀 전, 친구는 무거운 목소리로 전화를 했다. 어머니가 갑자기 중환자실로 실려 갔다는 것이다. 간호사에게 부탁하여 아들에게 연락하니 아들은 딸에게 전화하라 하고 화가 난 딸은 아들에게 연락하라고 하니 중간에서 황당해하던 간호사에게 '뭐하는 짓들이냐'는 소리까지 들었다며 기막혀한다.

방송에서나 접할 수 있었던 기막힌 이야기가 친구의 입을 통해서 들리니 한숨이 나왔다.

노령인구가 늘어나면서 이런 광경은 친구의 이야기만은 아닐 것이다.

고령화와 여러 사회적 요인과 맞물려 부모에게 효도하는 마지막 세대이자 자식에게 효를 기대할 수 없는 낀 세대가 되어버린 중년들은 노후도 스스로 마련해야 하는 것이 현실이다.

　나도 모르겠다고 큰소리치던 친구가 어머니의 곁을 지켜야겠다며 힘없이 전화를 끊었다.

　친구야 복 받을껴….

한 사람 한 사람이 한 권의 책이다

글을 모르는 어르신들과 다문화 가정의 아이들에게 한글을 가르쳐주는 봉사를 한 적이 있다. 자신의 이름을 쓰고 주소를 쓰고 한 글자 한 글자 알아갈 때마다 눈이 열리고 마음이 열리더니 다음에는 꿈이 열렸다

글자를 배워가면서 글을 알고 나니 자신감이 생겼고, 초등학교 졸업 학력검정고시 준비도 하였다. 그분들의 삶의 지혜는 글자만 지식으로 알고 있는 사람들과는 다른 것이었다.

절실한 마음으로 꾹꾹 눌러쓰는 연필을 깎을 때가 가장 행복하다는 어르신이 문장을 더듬더듬 읽어가며 책장을 넘기는 모습은 아름답기까지 하였다. 배움에 대한 열망이 삶을 지탱시키고 발전시키는 끊임없는 생명이었다.

당신이 사는 곳에서 가까운 곳에 한글을 가르쳐 주는 곳이 있었지만, 굳이 먼 곳까지 오는 이유에 대해서는 묻지 않아도 알 수 있었다. 경로당에 가서 한글을 모른다고 하면 무시당할까 싶어 눈이 나빠서 글씨가 안 보인다는 말로 둘러대고는 시내로 글을 배우러 다니신 것이다.

어느 날 한글을 배우는 어르신이 진지하게 상담을 요청하였다. 한글을 배워 이름이라도 쓰고 더듬거리며 책이라도 읽을 줄 알게 되니 이제는 자서전을 쓰고 싶으니 봐 달라고 한다.

너무 멋있는 생각이라고 감탄하며 엄지를 척 올려주었다.

매일매일 지나온 날들을 생각나는 대로 쓰라고 했다. 지나온 삶은 기억으로 재구성되는데 이에 따라 의식적. 무의식적인 변형을 겪게 될 수도 있을 것이다. 그러기에 인생을 마무리하는 시점에 쓰는 것보다는 한 살이라도 젊은 지금부터 쓰는 것이 적절하다고 응원하였다.

한 토막 한 토막 생각나는 대로 써 내려가다 보면 한 권의 자서전이 나올 수 있을 것이라는 응원에 어르신은 수줍은 표정으로 파이팅을 외친다.

흔히들 자신의 삶을 이야기할 때 '내 얘기를 쓰면 책이 열권도 넘게 나온다'라고 한다.

정작 그 많은 이야기를 쓰라고 하면 글재주가 없다고 손사래를 치거나, A4 용지 한 장은 불구하고 몇 줄을 채우기도 버겁다고 한다. 그러면서도 많은 사람들은 자신들이 살아온 삶을 '자서전'으로 묶어두는 꿈을 꾸기도 한다.

사람의 마음은 수시로 변한다. 흔적 없이 사라지기를 원하기도 하였다가 그래도 세상에 왔다면 무언가 흔적을 남기고 싶다는 생각도 한다.

자서전을 거창하게 생각하는 사람들은 자서전을 쓴다고 하면 그만한 업적이 있느냐고 고개를 갸우뚱 대기도 하고, 혹은 자서전은 나이가 많은 사람들이 죽기 전에 쓰는 것이라고도 하지만 요즘은 생각이 많이 바뀌었다.

자서전을 씀으로 인해 지금까지 살아온 날들을 정리하고 자신이 쓴 글을 읽어보고 변화된 삶을 다시 살아보는 중간 점검으로 생각하는 방향으로 흐르고 있다. 비슷한 인생은 있어도 똑같은 인생은 없기에 어쩌면 우리의 삶은 한 사람 한 사람이 모두 한 권의 책이라고 해도 과언이 아닐 것이다.

이웃들의 이야기를 듣다 보면 드라마보다 더 드라마 같은 이야기들도 많다.

TV 방송국에서 하는 '마이웨이'라는 프로를 보면서 화려하기만 할 것 같은 연예인의 삶 뒤에 숨겨진 생활들이 '사람 사는 것은 다 비슷하구나' 하는 생각을 하게 한다.

어쩌면 '마이웨이'야 말로 그동안 살아온 연예인의 삶을 담담히 영상에 담아낸 짧은 자서전이다.

우리 인생이 언제 끝나게 될지 아는 사람은 아무도 없다. 자신의 인생이지만 그것은 신의 손에 달렸다. 운명과 팔자라는 이름으로 자신의 삶을 내동댕이치지 않고 끊임없는 도전으로 글을 배우고 자서전을 생각하는 어르신이 그래서 더 멋진 인생인 것이다.

'운디드 힐러(Wounded Healer)'는 내 상처를 극복함으로써 다른 이들을 치유하는 사람이다.

어르신의 자서전이 '운디드 힐러'가 되기를 응원한다.

가장 적극적인 자기 관리

두 달 전부터 드럼을 배우기 시작했다. 금방 끝날 것만 같았던 코로나19의 장기화로 겪어보지 못한 세상이 혼란에서 일상으로 넘어가는 게 아닌가 하는 불안함 속에서 무엇을 새로 시작한다는 것은 부담스럽기도 했다. 그런데도 드럼은 평생에 한 번은 꼭 접해보고 싶은 악기였다. 어린 시절부터 막연하게 꿈꿔 왔던 것을 실행에 옮기며 마음속으로는 너무 늦게 시작한 것은 아닐까 하는 염려도 들었지만, 레슨 시간 외에는 아무 때나 와서 연습을 해도 된다는 것이 마음에 들었다.

생각보다 음악 이론에 약하다며 걱정하는 나에게 강사는 자신의 이야기를 들려주었다.

심한 박치였던 그는 자신이 박치인 것을 모르고 있다가

악기를 접하면서 알게 되었다고 한다. 기타와 피아노를 거쳐 드럼에 이르기까지 가르침을 포기당해야만 했던 그는 메트로놈을 틀어놓고 박자 맞추기 연습만 3년 하였다고 했다. '서당개 삼 년이면 풍월을 읊는다'고 그때부터 박자가 몸으로 들어오고 귀가 열려 동호회 강사까지 왔다는 그의 끈기와 성실함에 박수를 보냈다.

사람을 만나면 관심의 표시로 제일 먼저 취미가 무엇이냐고 묻던 시대가 있었다.

상대방의 취미에 연관성을 지어 부드럽게 대화를 이어가기 위한 질문에 대부분의 사람들은 검증이 어려운 음악 감상이나 독서라고 했다. 특별한 것이 없는 나 또한 같은 대답을 하며 거기에 영화감상까지 넣었지만 지금 생각해 보면 취미라기보다는 쉽게 접할 수 있는 것에 가까웠다. 그래서인지 이력서나 자기소개서를 작성할 때 취미와 특기를 적는 항목에서 적절한 게 떠오르지 않아 늘 고민하며 머뭇거리기도 했다.

같은 생각을 하는 친구와 함께 우리만의 취미를 찾아보자며 탁구를 찾았다. 막연하게나마 운동의 필요성과 과연

이것이 우리의 취미가 될 수 있을까 생각하며 탁구장을 드나들었다. 효율성이나 숙련도와는 상관없이 자기가 즐겁다면 그걸로 충분한 것이 취미라고 하지만 공이 잘 맞지 않고 욕심대로 되지 않자 오히려 스트레스가 되었다.

악기를 다뤄보는 것은 어떤가 하는 마음에 어디든 들고 다니며 연주할 수 있는 기타에 매력을 느껴 배워 보았지만, 유난히 예민하게 아픔을 받아들이는 손가락을 핑계로 양희은의 '이루어질 수 없는 사랑'만 둥당거리다가 맥없고 싱겁게 기타도 끝냈다.

결혼과 함께 접어버린 나의 취미생활 찾기의 실패는, 인내와 근성이 부족한 것이라 자책도 해 보았지만 도전하는 것마다 생각했던 만큼 흥미롭지 못했던 것 같다.

"네가 생각하는 그런 운동이 아니야. 동네 골목길이나 학교 운동장에서 치는 그런 것과는 차원이 다르니까 한번 나와봐."

배드민턴을 먼저 시작한 친구의 권유로 시큰둥하게 발을 들인 배드민턴은 15년을 넘게 하는 것을 보니 그것은 적성에 맞았나 보다.

한 곡을 열심히 연습해서 연주를 마쳤을 때 느끼는 성

취감으로 틈만 나면 연습실을 찾았다. 평소와 다른 시간에 들른 연습실에 처음 뵙는 어르신 두 분이 인사를 건네온다.

드럼 배운지 일 년 반쯤 된다는 분에게 연세를 물으니 일흔이 넘었다고 한다. 깜짝 놀라며 멋지다고 하는 내게 다른 한 분이 슬며시 조언을 한다. 어르신 말고 왕언니로 부르라고….

악기는 타고난 재능도 중요하지만 끈기가 없으면 배우기가 힘들다고 한다.

특히 나이가 들어 버린 사람들은 꾸준함이 무기임을 수시로 깨달으며 '취미는 가장 적극적인 자기 관리다.'라는 말에 머물러 본다.

비내섬 그곳

어느 날 돌풍과 함께 패러글라이딩 사고로 북한에 불시착한 재벌 상속녀 윤세리와 그녀를 숨기고 지키다 사랑하게 되는 특급 장교 리정혁의 절대 극비 러브스토리를 그린 드라마 '사랑의 불시착'이 인기리에 방영된 적이 있다.

평소 드라마에 관심이 없던 내가 첫 회부터 마지막 회까지 몰아서 보게 된 것은 주변에 많은 사람들이 '사랑의 불시착' 이야기를 했을 뿐만 아니라 드라마 촬영지 중 한 곳이 우리 지역의 비내섬이라는 말에 호기심이 생겨서다.

듬직한 남자 주인공 리정혁 역을 맡은 '현빈'에게 여자들은 열광하였고, 남자들은 눈웃음이 매력적인 윤세리 역 '손예진'에게 푹 빠져 있었다. 드라마를 보는 내내 여주인공 손예진의 사랑스러움에 나 또한 행복한 대리 만족을 하며 재미있게 본 드라마다.

비내섬 입구에 안내된 포스터에는 '사랑의 불시착' 외에도 '전우치' '서부전선' '광개토대왕' '불의 여신 정이' 등 많은 영화와 드라마 촬영이 이곳에서 있었다는 것을 소개하고 있었다.

남한강변을 따라 펼쳐지는 비내섬이 영화 촬영지로 알려지기 전에도 문득 생각나면 자주 찾아가던 곳이다.

맑은 강물이 시원하게 흐르는 비내 강가는 철새들도 즐겨 찾는 곳.

가을이면 억새와 갈대의 군락지로써 장관을 이루는 아름다운 풍경을 즐길 수 있는 곳 비내섬.

그런 비내섬이 이제는 영화와 드라마 촬영 장소로 주목을 받고 있다니 괜히 마음이 뿌듯했다.

며칠 전에는 핸드폰 앨범에 저장된 사진을 뒤적이던 중 지난가을에 지인과 함께 비내섬을 걷고 있는 뒷모습이 찍힌 사진을 발견했다. 바람이 몹시 불었던 비내 강가에서 '엠마오 가는 길'이란 제목을 달고 전송된 사진인데 바람에 펄럭거리는 옷자락과 두 손을 주머니에 깊숙이 넣고 웅크리며 걷는 내 모습에서 아직도 황량한 갈대 사이로 서걱대는 바람 소리가 그대로 들려오는 듯했다.

비내섬이 영화와 드라마 촬영지로 알려지자 차박이나 캠핑족, 캠핑카를 이용한 야영객들의 발길이 한동안 줄을 이었다고도 한다. 사람들이 많이 모이면 그 흔적들은 자연을 아프게 하는데 그래서인지 지금은 비내섬 진출입로에 바리케이드를 설치하여 차량 진입을 통제하고 있었다. 이곳이 이제는 '자연 휴식지'로 지정되어 생태 탐방로와 대형 규모의 주차장을 조성해 생태 탐방 교육장으로 활용할 방침이라고 한다.

섬 안으로 들어가 한참을 걷고 돌아와 새로 조성된 주차장에 올라섰다. 그곳은 지대가 높아서 비내섬이 한눈에 내려다보인다. 기다렸다는 듯 세차게 불어오는 봄바람이 억센 사내의 손길처럼 내 머리카락을 사정없이 흩어놓았다.

비내섬 그곳

바람이 불어오는 곳 그곳에 서 있네
물새가 바람 타고 노니는 비내 강가에

이슬비 내려앉는 곳, 그곳에 서 있네
산새가 이슬 타고 노니는 비내 강가에

갈대와 은빛 물결은 언제나 그곳에
철새들 깃들고 그대와 나의 꿈 이야기하던 곳

억새 너머 불어오는 젖은 바람 하늬바람
고운 마음 말없이 그리움 담아오네

마치 나의 시선을 드론에 달고 띄워놓은 듯 비내섬을
내려다보며 적어 보았는데, 고맙게도 곡이 붙여져 가곡으
로 태어났다.

산책길에서

열어놓은 창문 사이로 풀벌레 소리가 요란하게 이른 가을을 실어 나른다.

올 한 해는 종식되지 않은 전염병과 장맛비로 잃어버린 우리들의 소중한 시간은 아직도 허둥대며 길을 찾고 있는데 계절은 이토록 성큼성큼 잘도 다가온다.

새벽잠을 깨우는 풀벌레 소리를 뒤적이며 어젯밤 잠들기 전에 들었던 '호로롱 호로롱' 울어대던 이름 모를 풀벌레 소리를 찾기 위해 귀를 기울였다. 귀뚜라미 소리와 합창처럼 들려오는 '찌륵 찌륵 찌르르' 요란한 소리들 속에서도 내가 찾는 어제 그 소리는 들을 수 없었다.

아마도 이름 모를 그 풀벌레는 새벽잠이 많은가 보다.

방안 가득 들어온 풀벌레 소리가 앞 도랑에서 흐르는

물소리를 베이스로 깔고 새벽을 연주하듯 소리가 낭랑하다. 자연이 불러주는 음악을 들으며 가랑이 사이에 이불을 돌돌 말고 어리광부리듯 몇 번을 뒤척이다 긴 기지개로 평온함을 한껏 늘어트리며 이내 자리를 털고 일어났다. 근처 아파트에 사는 사람들이 이른 아침부터 마을을 중심으로 산책하는 모습이 간간이 눈에 띈다. 마당에 있는 진돗개 여진이도 산책하러 나가자며 끙끙 신호를 보낸다.

마을 주변을 돌기에는 너무 익숙한 길이라 재미도 없을뿐더러 묶인 개들이 여진이를 보고 사납게 짖는 것이 민망해서 요즘은 인가가 없는 곳으로 산책하러 나간다.

아침 식사 전에 일찌감치 다녀오자는 생각에 여진이를 차에 태웠다. 처음 차에 태울 때는 두려워서 벌벌 떨던 놈이 몇 번 산책을 다녀오고서는 익숙하게 혼자서도 차에 잘 오른다.

오늘은 요각골을 지나 살미면으로 이어지는 임도로 산책길을 정했다. 임도 갓길에 주차하고, 차 문을 열자 가볍게 뛰어내린 여진이는 새로운 산책길에 왕성한 호기심으로 연신 킁킁대며 기분 좋은 탐색에 바쁘다.

시끄럽고 요란한 소리를 뿜어내는 인공적인 삶의 소리를 뒤로하고 들어선 곳에서는 바람 소리. 새소리. 낙엽 떨어지는 소리가 풀 향기도 물어다 준다. 간간이 장맛비에 움푹 파인 산길에는 자갈길이 드러났고 배설한 지 얼마 되지 않은 까만 산짐승 똥도 눈에 띈다.

습한 기운에 연신 달려드는 초파리와 산모기를 쫓느냐 들고 간 수건을 쉴 사이 없이 휘둘렀지만, 잠깐 방심한 사이에 모기에게 몇 방 물렸다.

매서운 녀석의 테러에 모기 기피제를 뿌리지 않고 온 것을 후회하였다. 산모기는 더 독하다고 하더니 금방 가려워 오면서 부풀어 오르는 피부를 보는 순간 어느 숲 해설가에게서 들은 말이 생각났다. 산속에서 벌이나 모기에게 물렸을 때는 씨앗똥이라고 불리기도 하는 왕고들빼기의 진액을 바르면 가려움과 부기가 진정된다는 것이다. 마침 근처에 있는 왕고들빼기를 꺾어 하얀 진액을 모기 물린 자리에 발랐다. 기분 탓인지 효능 때문인지 가려움증은 생각보다 빨리 가라앉았다.

새로운 정보를 접하고 그것을 활용해 보았다는 뿌듯함도 잠시, 눈살을 찌푸리게 하는 물건이 눈에 들어왔다. 보라색 칡꽃이 아름다워 시선을 돌린 넝쿨 아래에 생활 폐기물인 냉장고와 의자가 버려져 있는 것이다. 사람들이 오고 가지 않는 이곳에 몰래 생활 폐기물을 버리고 간 양심불량 사람에게 화가 났다.

재활용이 가능한 폐가전은 무료 방문 수거를 활용하고 재활용이 가능하지 않은 대형 폐기물의 경우에는 관할 주민센터나 인터넷 접수 후 배출하면 되는데 수수료 몇 푼 아끼자고 이렇게까지 하는 못된 사람들의 양심을 드문드문 볼 때면 자연에게 늘 미안한 마음이다.

그럴 때마다 생각한다.

'양심 불량인 이런 사람들은 어디로 갖다 버려야 할까?'

연남동 풍경

살아가면서 나이 들어감을 느낄 수 있는 것이 많이 있겠지만 그중의 하나가 몸의 변화다.

어느 날 문득 찾아오는 통증이나 생활의 불편함이 '세월 앞에 장사 없다'는 말과 맥락을 같이 하는 것 같아서 두렵고 서글프기도 하다.

몇 년 전부터 코가 불편한 것을 알고 있었지만, 타고난 미련함과 병원 가기 싫어하는 마음이 결국 서울 큰 병원까지 내원해야 하는 지경까지 이르게 했다. 검사 결과 다행히 수술 없이 약으로 해결할 수 있다는 의사의 소견에 한결 마음이 가벼워졌다.

서울에 거주하고 있는 아들이 진료 끝날 때까지 긴장한 엄마의 곁을 지켜주었다. 볼일이 있어 올라올 때마다 매

번 특별한 추억을 만들어주기 위해 애쓰는 아들이 안내한 곳은 홍대 근처에 있는 연남동이었다. 별칭으로 연리 단 길 혹은 연트럴파크라고도 불린다는 곳. 젊은이들의 성지 같은 핫한 동네에서 기분전환도 하고, 젊은 기운도 받고, 다양한 사람들이 자기 색깔을 내는 모습도 느껴보라고 했다.

연리단길은 젊음의 거리답게 각양각색의 젊은 층들이 자신만의 개성을 뽐내고 있었고 외국인들도 눈에 자주 띄었다. 사람 없는 조용한 곳을 좋아하는 내 기준으로는 사람들이 참 많구나 생각되었는데 요즘은 코로나 때문에 평소보다 훨씬 없었던 편이라고 한다.

개성을 뿜어내는 것은 사람뿐만이 아니었다. 손금처럼 펼쳐져 있는 골목에는 가정집을 개조한 상가 도시의 공간들이 저마다의 언어로 말을 걸어오고 있었다. 톡톡 튀는 간판들 사이를 비집고 도보투어를 하다 보니 목도 마르고 쉬어가기도 할 겸 아들이 검색한 찻집을 찾았다.

5층까지 계단을 통해 걸어 올라가야 하는 곳이었는데 커피숍이 아닌 찻집을 찾은 이유는 따뜻한 차로 몸을 다스리고 높은 곳에서 내려다보는 이 도시의 풍경을 바라보게 하기 위한 아들의 배려였다.

찻집에는 두 테이블에 손님이 앉아 있었고 아들과 나는 각각 다른 차를 주문하였다. 서로 다른 차를 주문해서 두 종류의 맛을 마셔보는 것도 좋을 것이라는 생각에서였다.

전통 찻집과는 아주 다른 음악과 분위기. 고정관념을 깬 실내장식이 어색하였지만, 이것 또한 젊은 사람들의 문화려니 생각하며 즐기기로 하였다.

테이블 가운데 다관과 숙우 그리고 찻잔 두 개를 세팅해 주면서 두 종류의 찻잎을 번갈아 넣어가며 우려 마시라고 한다. 살짝 불편한 기색을 눈치챈 주인은 '하나 더 세팅해 드릴까요' 하고 묻는다. 그래 주면 고맙겠다는 나의 답변에 다관과 숙우가 하나 더 세팅되어 각자의 앞에 놓였다. 그제야 편안함을 찾은 나는 내 입맛에 맞는 차를 천천히 음미했다.

"엄마는 좋은데 아들은 어때? 몇 해 전에 아주 잠깐 다도를 접한 적이 있어. 그때 들은 말인데 사람이 진심으로 차 한잔 마실 여유만 있다면 감당하지 못 할 일이 없다고 하더라"

고개를 끄덕이는 아들과 그동안 못다 한 소소한 이야기를 나누며 한참을 머물렀다. 따뜻한 차를 마셔서인지 편안하고 행복했다.

찻집을 나오려는데 불편한 것은 없었는지 주인이 뒤따라 나오며 묻는다. 그러자 혼자 꿀꺽 삼키려던 말이 넘어가지 못하고 탁구공처럼 툭 튀어나왔다.

"한 개의 다관에 두 종류의 찻잎을 우려내어 맛보라고 하는 것은 차의 깊은 맛을 음미하기 어려워요. 주문하는 손님에 맞게 각자 세팅해 주는 것이 좋을 것 같아요."

너무 작고 앙증맞은 다관이라 진한 향을 가진 찻잎은 반만 우려내어 마셔보고 더 넣어도 좋겠다는 안내도 해 주는 것이 괜찮을 것 같다는 나의 말에, 젊은 주인은 두 손을 모으며 연신 고맙다는 인사를 했다. 오픈한 지 얼마 되지 않아 그런 면이 늘 고민이었다는 것이다.

북적대던 곳을 잠시 피해 조용한 공간을 찾는 차별화된 전략이었다는 찻집!

젊고 의욕에 찬 주인이 인상에 남았던 곳이다.

봄을 접시에 담다

'봄처녀 제 오시네 새 풀 옷을 입으셨네. 하얀 구름 너울 쓰고 진주 이슬 신으셨네.

꽃다발 가슴에 안고 뉘를 찾아오시는고'

이은상의 시가 마음에 들어 홍난파가 작곡한 노래 '봄처녀'는 봄이 오면 흥얼거려지는 곡이다.

노래 속의 새봄은 처녀같이 우아하게 표현되어 아름다운 여운을 주었는데 올해 우리의 봄은 인류에게 잊히지 못할 상처가 새겨진 계절이 되고 말았다.

사람들의 상처를 알 바 없는 철딱서니 없는 꽃들은 여기저기서 팡팡 그 화려함을 자랑하듯 피어나고, 코로나19 바이러스에 지친 사람들은 봄의 화신 개나리. 진달래. 벚꽃이 활짝 피어 흩날리는 화사한 봄의 향연에 그나마 위안을 받는다. 착잡한 이 시기에 꽃들조차 없었다면 얼마나 더 삭막하고 우울했을지….

봄에 인간을 유혹하며 위로하는 것이 어디 꽃뿐이랴. 기지개 켜는 봄바람에 실리듯 쑥쑥 올라오는 봄나물도 꽃들 못지않게 우리를 부른다. 김장김치의 신맛이 지겨워질 즈음이면 어김없이 찾아오는 계절에 파랗게 새싹을 내민 봄나물이야말로 새로운 입맛을 돋게 하는 반가운 선물이 아닐 수 없다. 아지랑이 이는 들녘에서 따스한 봄볕을 받으며 자란 봄나물은 비닐하우스에서 재배한 채소에 그 맛을 비할 바가 아니다.

커피 한잔의 여유로운 시간. 봄볕이 머문 화단 한편에 소복하게 자란 달래가 눈에 들어왔다. 해마다 이맘때쯤 마을 어귀에서 캐온 달래를 다듬고 화단에 던져두었더니 어느새 자리를 잡고 올라온 것이다. 달래는 된장국에 넣어 먹어도 별미지만 새콤달콤 고추장에 무쳐내면 더 향긋한 봄맛을 즐길 수 있어 생각만으로도 침샘을 자극한다.

요즘 '사회적 거리두기'로 우울증에 빠질 것만 같은 기분도 달래고 저녁 찬거리라도 마련할 겸 호미를 챙겨 들녘으로 나갔다. 달래, 냉이, 쑥. 원추리, 지칭개 등 사방에 널려진 나물들이 마치 오일장에 온 듯하다. 넉넉히 수북하게 펼쳐진 봄나물을 구경하고 향기도 맡으며 어느 것부터 사다 먹을까 행복한 고민에 빠진 듯한 들녘의 재래시장.

마트에 가면 깨끗이 다듬어진 야채가 풍성하게 진열되어 있어 언제라도 살 수 있는 세상이지만 땅의 첫 기운을 받은 봄나물만 한 영양을 지닌 것은 없다.

냉이는 데쳐서 무쳐 먹으면 독특한 자연의 단맛과 향이 입안에 머문다. 쌉싸름한 고들빼기와 씀바귀도 민들레와 함께 새콤달콤 무쳐 먹으면 잃었던 입맛을 돋우니 고맙기 그지없다.

호미와 나의 작은 노동으로 가득 채운 봄나물을 바라보니 뿌듯한 마음에 부자가 된 것 같다.

깨끗하게 뜯은 쑥에 쌀가루를 입혀 쑥버무리로 봄의 별미를 완성해 접시에 담았다.

달래무침. 냉이무침. 씀바귀 무침도 접시에 담겨 저녁

밥상 위에 앉았다. 뒤란에서 하루가 다르게 쑥쑥 올라온 부추를 베어 부추전도 올리니, 진수성찬이다.

오늘은 솔솔 불어오는 봄바람을 맞으며 시원한 막걸리 한잔에 새봄과 건배를 해야겠다.

우리의 봄을 위하여!

행운의 편지

달력을 바꿔 거는 일로 시작되는 새해에는 사람들의 따뜻한 덕담을 실은 문자 연하장이 밀려온다. 한 해의 시작과 함께 가장 많이 주고받는 인사말!

"새해 복 많이 받으십시오"

복은 혼자 소유하는 것이 아니라 서로 나누는 것이기에 정성 어린 마음으로 상대에게 빌어주는 것이다. 한번 거래를 튼 사업장에서 고객에게 일 년 치의 인사를 한꺼번에 할 수 있는 것도 이때가 아닌가 싶다. 그런 가운데 SNS를 통해 받은 문자 한 통이 시선을 끌었다.

'홍콩 풍수전문가에 의하면 올해 2월과 같은 달은 우리 인생에서 다시 오지 않는다고 합니다. 올해 2월은 각 요일이 4일로 구성되어 있어 엄청난 부자를 부른다고 합니다. 이런 2월은 823년에 한 번씩 발생합니다. 최소 5명이나 5그룹과 이 내용을 읽은 후 11분 이내에 공유하면 4일 이내에 돈이 도착한다'는 내용이었다.

823년이라는 구체적인 숫자와 모든 요일이 4일로 구성되어 있다는 것이 신기하기도 해서 별다른 의심 없이 재미 삼아 보기를 권하며 몇몇 편한 지인들에게 퍼 날랐다.

그러나 알고 보니 4년에 한 번씩 돌아오는 윤년이 아닌 대부분의 2월은 28일이므로 같은 요일이 반복되고 있음을 알 수 있었다. 도대체 823이라는 숫자는 어디서 나왔는지….

2월의 달력 이미지가 첨부된 내용은 신빙성을 높여주었고 한 번 더 생각해야 하는 머리보다는 그날따라 손놀림이 더 빨랐던 것이다. 내용의 끝에 '모두 부자 되세요'라는 말에 낚여서 확인 없이 퍼 날랐던 나의 성급함이 무안해졌다.

예전에도 행운의 편지는 있었다. 행운의 편지는 시간적으로 연속해서 일어난 일에 대해 한 사물 현상은 다른 사물 현상의 원인이 되고, 그 다른 사물 현상은 먼저 사물 현상의 결과가 되는 인과관계가 없는 것을 있는 것처럼 설득하는 점이다. 그러면서 편지 내용의 지시대로 따르면 행운이 오고 그렇지 않으면 불운이 찾아온다고 협박하였다. 무시하기엔 불운이라는 단어가 영 찜찜하다.

　나의 사춘기 시절에도 행운의 편지는 있었다. 유행처럼 교실에 번지던 행운의 편지를 저주라도 풀 듯 하나하나 손글씨로 비뚤비뚤 적거나 왼손으로 써서 친구 책갈피에 몰래 꽂아두던 일들도 적잖이 있었다.

　요즘 아이들은 왼손으로도 오른손 못지않게 글씨를 쓰지만, 아이들이 지금처럼 존중받지 못하던 시절에는 왼손으로 연필을 잡기만 해도 마치 가정교육에 큰 문제가 있는 것처럼 어른들의 불호령이 떨어지고는 했다.

　행운의 편지는 어린 마음에 행운이 오기를 기다리기보다는 무서운 저주라는 단어가 두려워 처음에는 몇 명에게라도 꼭 보내야 한다는 강박관념이 있었다. 그러나 그다지 부지런하지 못했던 나의 성격 탓에 보내야 한다는 시기를 놓쳐 버리고 말았다. 불안한 마음으로 조마조마한

하루하루를 보냈지만 아무 일도 일어나지 않았다는 것을 알고부터 행운의 편지는 무시하게 되었다. 남에게 불행을 나눈다는 나쁜 마음보다는 대부분의 사람들처럼 나에게 오는 불행만 피해 가기를 안도하는 마음이 컸던 것이다.

아무튼. 행운의 편지는 어떤 내용이건 다른 사람들에게 행운을 주려는 것보다는 본인에게 올지도 모르는 불행을 피하기 위한 행위임이 의심이 되어서 받는 사람은 기분이 영 좋지 않다.

새해의 출발점에서 엉터리 정보를 확인하지 않고 전한 작은 해프닝이 나 자신에게 좀 더 신중하라는 메시지를 남겼다. 진정한 나의 '행운의 편지'는 소소하게 도착하는 주변에 있는 작은 행복임을 깨닫게 된다.

세 가지 명답

지난해 10월에 개통된 제천의 '옥순봉 출렁다리'에 다녀왔다는 친구가 소식을 알려왔다. 본인은 가까운 곳에 살고 있으니 언제라도 마음만 먹으면 다녀올 수 있어서 먼 곳에서 오는 손님들 먼저 대접하다 보니 이제야 다녀왔다고 너스레를 떨었다.

제천의 새로운 핫 플레이스로 떠오른 옥순봉 출렁다리의 입장료가 지금은 무료로 운영되지만, 오는 4월이면 유료화된다고 하니 서둘러 다녀가라는 정보도 주었다. 아울러 멀지 않은 곳에 측백나무 숲길도 있으니 이왕이면 두 군데 둘러보면 좋을 것이라는 깨알 정보는 호기심을 자극하였다.

'옥순봉 출렁다리'는 개통 소식에 맞춰 궁금해하던 사람들이 일부 다녀가서인지 아니면 평일이어서인지 유원지치고는 무척 한산하였다. 다녀온 사람들의 후기에서 보았던 사람들과의 어깨 부딪힘도 없었고 출렁다리의 흔들림도 별로 느끼지 못하였지만 빼어난 청풍호의 아름다운 경관과 상쾌하게 부딪히는 겨울바람이 정신을 맑게 가다듬어주었다.

가장 가까이에서 옥순봉을 느끼며 다리 건너 이어진 데크길과 야자매트 길을 따라 안내된 트레킹 길은 조용히 사색하기에 좋았다. 옥순대교와 출렁다리를 배경으로 인증숏 후, 친구가 소개해준 측백나무숲을 찾아갔더니 그곳에는 관람객이 아무도 없었다. 측백 족욕과 측백 비누 만들기, 활쏘기 등 체험이 안내되어 있지만 평일이어서인지 그곳도 문이 닫혀 있었다.

나무 향도 맡을 겸 천천히 주위를 둘러보며 안내 표지를 따라 측백나무 숲길로 발길을 옮기던 중 '토정 이지함 선생의 3가지 명답'이라는 글이 발길을 멈추게 하였다.

"이 세상에서 가장 부자는 누구요"

"부막부어불탐(富莫富於不貪)이라 하여 이 세상에서 제일가는 부자는 부자를 욕심내지 않는 것이다."

"이 세상에서 가장 귀인은 누구요"

"귀막귀어부작(貴莫貴於不爵)이라 하여 이 세상에서 가장 귀인은 벼슬을 하지 않는 것이다"

"이 세상에서 제일 강한 사람은 누구요"

"강막강어부쟁(强莫强於不爭)이라 하여 가장 강한 사람은 다투지 않는 것이 가장 강한 사람"이라는 글이 3가지 명답이었다.

새해가 되면 사람들은 토정비결이나 점집을 찾아 한해의 운수를 보곤 한다. 토정비결이나 점괘를 본다는 것은 평범한 사람이 인식하지 못하는 무엇인가를 알고자 하는 호기심과 현재에 대한 불안이 기저에 깔려 있기 때문일 것이다. 세상에 걱정과 불안 없이 사는 사람이 어디 있겠는가. 그런데도 오늘의 운세나 점(占)을 보는 이유는 불안과 걱정에 대한 위로를 받기 위함일 것이다.

우스운 이야기지만 한동안 주변 사람들에게 손을 보여

달라고 한 적이 있다. TV를 통해 지나치듯 보았던 프로그램 중에서 한 무속인이 다섯 손가락을 설명하던 중, 새끼 손가락인 소지가 중지 손가락 마디보다 아래에 있으면, 자식복 이 없다는 말이 귀에 거슬렸다. 정말 그런가 싶은 마음에 내 손가락을 먼저 펼쳐보기도 하고 곁에 있는 여러 지인들의 손도 펼쳐 보았지만, 그들 나름대로 자식에 대한 속내를 알 수 없어서인지 아리송하기만 하였다.

　우리는 어떤 방식으로든 내게 힘든 순간이 찾아올지도 모른다는 생각에 불안을 느끼며 살아가고 있다. 특히 대선을 앞둔 요즘, 대선후보들의 말도 안 되는 공방과 유치한 공격들을 보면 심한 피로감을 느낀다. 자신들만의 확증편향과 불안에 빠진 사람들에게 '토정 이지함의 3가지 명답'으로 받았던 위로를 건네 본다.

chapter 3

노래가 마음을 만지다

검은 유혹

밴드에 동창의 부고가 떴다. 동창의 부모도 아니었고 본인이었다는 것에 몇 번이고 다시 확인하고 또 확인할 만큼 충격을 받았다. 이틀 전까지만 해도 다른 동창들의 안부를 대신 전해 주었던 그였는데… 얼마나 힘들었으면 그런 모진 선택을 하였을까 생각하니 보이는 것이 전부가 아님을 깨닫게 되는 순간이었다.

신문의 사회면 한 곳에서는 40대 가장이 우울증을 앓는 노모와 장애가 있는 자식의 돌봄에 한계를 느끼고 일가족과 함께 극단적인 선택을 해 안타까움을 더해주고 있다는 기사가 올라왔다. 이런 안타까운 소식을 접할 때마다 내 주변에서도 일어났던 일들이 다시 떠올라 마음이 좋지 않다.

큰아이가 초등학교 4학년 때 학교에서 단체로 떠난 캠핑장에 자모들이 격려차 방문한 적이 있었다. 그때 동행한 자모들 중 유난히 밝고 유쾌한 사람이 있었다. 유머로 좌중을 사로잡았고 딸에 대한 사랑과 관심도 남달라 보였다. 사는 것도 넉넉해 보이고 세상 걱정 없어 보였던 그녀가 며칠 뒤 집안에서 유명을 달리했다는 소식은 지금도 잊히지 않는 충격으로 남아 있다. 소식을 듣고 제일 먼저 떠올랐던 것은 우리 아이와 같은 반이었던 그녀의 열한 살 된 딸이었다.

그래서일까. 얼마 전 TV 프로그램 '금쪽 상담소'에 고(故) 최진실의 아들이 출연하였는데 하던 일을 멈추고 관심 있게 바라보았다. 어느새 어엿한 청년으로 잘 자란 것이 대견하고 고마워서였다.

가수로 활동 중인 그의 고민은. 사람들이 자신에게 '힘내'라고 하는 응원의 말들이 고맙긴 하지만 동정심으로 느껴진다는 것이다, 주위 사람들이 자신을 안쓰럽게 바라보고 조심스러워하는 것이 오히려 불편하다는 말에 충분히 그럴 수 있다는 생각이 들었다.

그에게 대중들이 '힘내'라는 말의 깊은 의미는 '죽지 말고 잘 살아'라는 뜻이 내포되어 있다는 오은영 상담사의 설루션이 모든 시청자들에게 보내는 메시지 같았다.

우리나라가 OECD 국가 중 자살률 1위라는 유쾌하지 않은 순위는 우리를 슬프게 한다. 자살은 먼 남의 일로만 알았고 매스컴을 통해서만 접하는 이야기인 줄만 알았는데 가깝게는 친척 언니의 남편인 형부가, 멀게는 인기 연예인의 죽음을 보면서 1위의 불명예를 실감했다.

전국 노래자랑의 진행자인 송해 님은 인생에서 가장 힘겨웠던 때는 유랑극단 시절이었다고 한다. 살기 위해 발버둥 쳤지만 견디기 힘들 정도로 절망스러웠을 때 "남산 팔각정에 올라가서 마음으로 빌고 빌면서, 가족들에게도 미안해하면서 눈 꼭 감고 뛰어내렸다"라고 털어놨다.

그러나 그 순간 소나무 가지에 걸려 목숨을 건졌다고 한다. 얼마나 다행스러운 일인가.

자살 유가족들은 주변의 시선과 고인이 보낸 시그널을 미처 알아채지 못한 죄책감으로 자유롭지 못하다. 대인기피증이 생기는 사람도 있다.

살아가면서 넘어지지 않고 가는 사람이 어디 있겠는가. 호락호락하지 않은 세상에 아무리 노력해도 지금 상황을 반전 내지는 변화시킬 수 없다고 판단되면 사람들은 해결의 극단적인 방법으로 죽음을 생각한다. 그러나 가고 싶지 않아도 한 번은 다 가야 할 인생, 미리 서두르지 않아도 누구나 가야 하는 길을 사랑하는 사람들의 가슴에 상처를 남기고 그리 서둘러 갈 필요는 없다.

사람은 모든 것을 포기할 때 다시 일어난다고도 한다. 내 마음의 문턱을 수시로 드나드는 자살이라는 검은 유혹이 있다면 외면하고 오기로라도 잘살아보자.

호상(好喪)이라니요

집안에 연세 드신 어른이나 많이 아픈 사람이 있을 때는 이른 아침 혹은 밤늦게 걸려오는 전화벨 소리에 긴장하게 된다. 특히 요즘에는 통화보다는 상대방의 시간을 직접 방해하지 않는 문자 이용이 많으므로 더욱더 그러하다.

늦은 밤에 친정 언니의 발신번호가 뜨면서 전화벨이 울렸다. 놀란 마음은 왜라는 질문부터 하고 가슴을 쓸어내리는 대화를 나눌 수 있었다.

밤새 안녕이라고 2주 전 갑자기 뇌경색이라는 병명으로 쓰러진 어머니는 당신의 의지와는 상관없이 자식들을 몹시 당황스럽게 했다. 평소 어머니의 건강이 자식들을 위하는 것이라며 여간 아파서는 내색도 연락도 하지 않으시며 당신 몸을 추스르셨던 분이다.

치매에 걸리지 않아야 한다고 노인복지관에서 보내준 그림책에 열심히 색칠을 하셨던 것도 자식들에게 짐이 되지 않겠다는 일념이 크셨기 때문이다. 더구나 요즘같이 코로나가 창궐할 때 당신이 잘못되어 자식들 얼굴도 못 본다면 그것 또한 자식에게 못 할 짓이라며 집 밖으로 외출도 삼가셨던 분이다.

어머니께서는 몇 해 전부터 비우고 정리하는 삶을 사셨다. 쓸 만한 물건들은 드나드는 자식들 손에 들려 보내셨고 제 마음 편해지자고 전해 주는 자식들의 용돈마저도 돈 필요 없다며 마다하셨다. 의견이 맞지 않는 자식들끼리 퍼붓는 서운함은 애꿎은 어머니가 가운데서 원망 받이가 되어야 했다. 어리석게도 나의 어머니는 평생 돌아가시지 않을 것이라는 말도 안 되는 주문 속에서 살아왔다.

그런 어머니가 병원에서 사경을 헤매실 때 돌아가실까 봐 무섭고 두렵고 안타까운 마음에 눈물만 흘렀다. 자꾸만 차가워져만 가는 발을 주무르고 등줄기를 따라 느껴지는 뼈 마디마디의 등을 문지르면서 어머니가 내게 주셨던 애틋한 사랑만 생각났다. 그토록 염려하시던 코로나 때문에 중환자실의 면회는 중지되었고 아무것도 할 수 없음이 서럽고 두려웠다.

어머니에게는 오 남매라는 자식이 있었지만, 우리 각자에게 주어진 어머니는 오직 한 분이시기에 자신의 위치에서 어머니께 최선을 다하는 모습을 보였지만 시간이 몹시 부족하였다.

다행히 위기를 넘긴 어머니께서는 시간을 주시기라도 하는 듯 일반 병실로 옮기셨다. 조심스러운 면회로 어머니의 얼굴을 다시 뵐 수 있다는 것에 감사할 뿐이었다.

어머니는 아직 아무 반응도 없으시다. 귀는 열려 있다고 느껴지는 건 내가 건네는 말에 미묘하게 반응하는 어머니의 표정을 다른 사람들은 몰라도 딸인 나는 알 수 있기 때문이다.

사람들은 묻는다. 어머니의 연세가 어떻게 되냐고. 여든여덟이라고 대답하면 덤덤하게 그만하면 사실 만큼 사셨다는 반응이다. 위로의 말속에 위로가 아닌 서운함이 가슴에 꽂히는 순간이다. 세상을 떠나야 할 나이는 몇 살이고 누가 그것을 정하였단 말인가.

얼마 전에 구십이 넘은 어머니를 하느님 품에 보낸 지

인의 말이 생각난다.

구십이 넘어 돌아가셨으니 호상이라고 말하는 문상객의 생각 없는 위로가 더 어머니의 죽음을 슬프게 만들었다고 했다.

호상이란 보통 별다른 지병 없이 평균수명 이상 장수하다가 잠자듯이 죽었을 때 쓴다. 장수의 기준은 따로 없지만 부모의 죽음이 어떤 상황에서도 자식에게 호상이 될 수 없는 것이다. 부모는 자식에게 있어 죽어도 좋은 나이가 없기 때문이다.

코로나로 인해 조문조차 편하게 받지 못하고 슬퍼하는 유족들에게 함부로 호상을 언급하는 실례는 범하지 말아야겠다.

엄마가 봄나리네

    요즘 한창 뜨고 있는 예능프로에 제주에서 올라온 이효리가 방송 도중 눈물을 훔치는 장면이 나왔다. 평소 시원스러운 성격을 가진 그녀가 걸그룹 '소녀시대'의 윤아와 노래방에 간 영상을 올린 것이 화근이었다.

    거기에는 두 가지 시선이 존재하였다. 한쪽은 코로나19라는 전염병을 염두에 두지 않은 경솔한 행동이었다고 비난하는 사람들과 노래방도 경제활동인데 너무하는 것 아니냐는 시선으로 나뉘고 있었다.

    다행히 신중하지 못했음을 빠르게 시인하고 사과하는 것으로 마무리가 되는 것을 보며 대중을 상대로 하는 연예인은 참 피곤하겠다는 생각도 들었다.

    요즘은 이런 문제가 단지 연예인뿐만이 아닌 것 같다.

이제는 집 밖에서 행해지는 모든 동선에 조심성을 가져야 하는 불편함이 있다. 행여나 여가활동이나 문화생활로 코로나에 걸리면 온갖 비난에서 벗어나지 못하고 이해보다는 원망이 먼저 쏟아진다. 사람이 사람 만나는 것을 조심스러워해야 하고 알게 모르게 불안해한다는 현실이 참 슬픈 요즘이다.

"이러다가 가족끼리도 거리두기 하라고 할까 봐 겁나"

어느 지인이 지나치듯 가벼운 농담으로 건넨 말에 허허 웃어넘기던 남편이 올해가 환갑이다.

친인척들을 불러 밥 한 끼 나누기도 요즘은 민폐인 것 같아 가족여행으로 특별한 날을 대신하기로 했다.

조심스럽게 떠난 여행지는 통영.

바다가 보이는 외딴곳에 숙소를 정하고 중앙시장으로 저녁에 먹을 회를 뜨러 나섰다.

활어가 뛰는 시장의 좌판에는 삶의 끝자락에서 숨을 헐떡이는 광어. 도미. 우럭. 오징어 등 횟감들이 펄떡이고 있었다. 상인들은 온종일 손님을 향해 손짓을 하고 바구니에 올려놓은 퍼덕이는 고기를 수십 번 아니 수백 번씩

잡아들며 흥정했으리라.

주변을 둘러본 후, 점심시간이라고 하기에도 늦은 어중간한 시간이었지만 회를 뜨기 전에 긴 이동 시간으로 출출해진 속을 먼저 채우고자 식당을 찾았다.

여행을 하면서 항상 느끼는 것은 어느 여행지에 가서든 낯선 지역에서 맛있는 음식점 찾기가 참 어렵다는 거다.

특히 '뭐 먹을까?'라는 상황이 서로를 곤란하게 한다. 맛집을 검색해도 이동 거리가 멀다거나 어렵게 찾아간 맛집이라는 곳이, 우리의 입맛과 기대하는 서비스에 너무 맞지 않을 때는 여행을 망친 듯 참 난감하다.

그날도 이곳저곳 기웃거리다가 눈에 띄는 소박한 식당으로 들어갔다. 식사 시간이 한참 지난 시간에 들어서는 우리 일행을 연세 지긋하신 아주머니가 반갑게 맞아주었다.

식당에는 우리 일행만 있어서 참 다행이다 싶었다. 메뉴판에 '시락국'이 눈에 들어왔다. 이 지역에서만 만들어내는 특별한 음식인가 싶어 먹어볼까 했는데 시래기나물에 생선 국물이 들어가서 처음 먹어보는 사람들은 먹기

불편해하는 사람도 있다고 한다.

궁금했지만 음식 맛에 실패하지 않으려고 가족들은 콩국수를 시켰고 나는 김밥을 시켰다.

별로 기대하지 않았는데 삶은 콩을 직접 갈아 국수를 말아주고 굵게 말은 김밥은 속 재료가 푸짐하게 나왔다.

마음씨 넉넉한 주인은 천천히 먹으라는 말과 함께 궁금해하던 시락국도 맛보기로 내주었다. 나중에 검색해 보니 시락국은 시래깃국의 방언이며 통영 맛 기행에서도 자주 등장하는 단골 메뉴였다. 주인의 작은 친절과 서비스가 고마워 카드 대신 현금으로 음식값을 계산하며 둘러본 계산대에 아주 재미있는 글을 발견하였다.

'내 이름은 봉남이다. 간신히 콩 찍기로 썼는데 옆에서 보던 딸이 엄마가 봄나리네 한다. 그래서 나는 봄나리가 되었다'

나이 든 어머니의 오타를 사랑스럽게 바라보는 모녀의 정이 듬뿍 드러나는 따뜻한 글을 소리 내어 읽어보았더니 주인아주머니는 노인 회관에서 글쓰기를 배웠다며 함박

웃음이다.

아주머니의 따뜻한 시락국의 친절과 잔잔한 감동의 글은 여행지에서의 또 다른 즐거움이었다.

노래가 마음을 만지다

창밖으로 보이는 하얀 부추 꽃 위를 비행하는 나비와 꿀벌들은 아름다운 꽃과 세상을 자유롭게 여행할 수 있어 참 행복하겠다는 생각이 문득 들었다.

색깔도 향기도 머무는 곳도 모두 다른 아름다운 꽃들. 계절마다 다르게 피는 꽃들이 다 아름답지만, 가을에 만나는 꽃들은 화려함보다는 아련함으로 다가온다.

코로나19로 '사회적 거리두기'란 낯선 단어가 한창일 때 사람들은 불안한 마음을 지난 3개월간 방송되었던 트로트 프로그램에 열광하며 잠시나마 잊을 수 있었다고 한다.

트로트는 나이 든 사람들이 즐겨 듣는 노래로만 알았던 젊은 층들을 TV 앞으로 몰려들게 했고 출연진들 또한 아이돌 못지않은 인기로 실검에 오르기도 했다. 아직도 그

열기는 식지 않고 각 방송사마다 이름만 달리할 뿐 맥락을 같이하는 프로그램이 현재 진행형이다.

대중음악의 매력은 자신의 상황에 맞춰 가사가 들려오고 모두 내 얘기를 대변해 주는 것 같은 감성을 자극한다. 가사를 들여다보면 사회문화적 맥락과 노랫말에 담긴 문학성, 독창성, 시대성 등 그 자체로 흥미로운 주제이기도 하다.

많은 명곡들 중 가사만 따로 떼어 내도 흥미롭게 또는 감동 있게 읽어 낼 수 있는 노랫말들이 참 많다. 그중에 하나가 '어느 60대 부부이야기'다. 툭툭 내뱉듯 누가 불러도 감동을 불러오는 이 노래는 삶이 가사에 녹아들어 중년의 마음을 어루만져주는 명곡이다.

'사람이 꽃보다 아름답다'라든가 '우리 늙어가는 것이 아니라 익어가는 것'이라는 가사도 그냥 가볍게 들었던 곡들의 가사 속에 담겨있는 진지한 문학성도 엿볼 수 있다.

신청곡을 받아 불러주는 TV 프로그램에서 몇 년 전 아들을 먼저 보낸 어머니의 애절하고 가슴 아픈 사연이 전

파를 탄 적이 있다. 세상을 먼저 떠난 사랑하는 아들이 좋아하는 노래.

'자유롭게 저 하늘을 날아가도 놀라지 말아요. 우리 앞에 펼쳐질 세상이 너무나 소중해 함께라면…'

아름다운 멜로디와 서정적인 가사로 오랫동안 사랑받는 곡 '마법의 성' 가사 일부이다.

나에게는 마음속에 자리한 기억의 창고에서 자신도 모르게 흘러나오는 노래라서 흥얼거려지는 곡이지만 어떤 사람에게는 아프지만, 사랑할 수밖에 없는 곡이기도 하다.

아들을 많이 닮은 가수를 통해 그가 들려주는 신청곡을 듣고 아픔을 다독인다는 사연은 많은 시청자들의 눈물샘을 자극하기도 했다.

이렇듯 노래를 듣는 시간 동안 우리는 위안을 받고, 좋아하는 노래 덕분에 기분 전환도 하고, 꿈을 꾸기도 하는데 그만큼 노래에는 마음을 움직여 주는 큰 힘이 있기 때문이다.

아련한 감성과 좋아하는 가수의 음색을 느끼다 보면,

그때 그 시절의 기억과 기분은 말할 수 없는 행복으로 다가온다. 노래가 없었다면 세상은 얼마나 삭막할까.

사람들이 바뀐 계절에 맞춰 옷을 골라 입듯이 노래도 계절에 따라 감미로운 색채를 띄운다.

아직도 종식되지 않는 코로나로 심적으로나 행동에 제한을 받는 요즘, 지쳐가는 일상의 답답함에서 조금이나마 벗어날 수 있게 해주고 마음의 스트레칭을 할 수 있는 것 중의 하나가 음악을 듣는 것이 아닐까 싶다.

겉치레보다는 실속

얼굴 본 지가 몇 년인지 헤아리기도 힘든 이종사촌으로부터 모바일 청첩장이 날아왔다.

예전처럼 우편으로 받기를 바란다면 시대에 뒤떨어졌다고 하겠지만 적어도 집안끼리는 통화라도 하고 청첩을 했으면 하는 아쉬운 마음이 들었다.

코로나가 한창 창궐하여 전 세계인을 공포로 몰아넣고 있을 때 인도에서 파란색 방호복을 입은 한 커플이 코로나19 격리시설 마당에서 결혼식을 올리고 있는 기사를 보았다.

신부가 결혼식 몇 시간 전에 코로나19 확진 판정을 받고 시설에 격리되자 이렇게 결혼식을 치른 것이다. 파란색 방호복을 입고 얼굴에 페이스 실드를 쓴 남녀가 서로를 마주 보고 서서 장갑을 낀 손으로 서로에게 꽃목걸이를 걸어주는 사진이 화제가 된 것이다.

코로나 시대에 안타까운 사연은 먼 나라 이야기만은 아니었다. 몇 달 전에 결혼식을 올린 지인은 예식을 이틀 앞두고 신랑 직장 동료의 코로나 확진에 새신랑이 격리되는 일이 있었다.

검사 결과 다행히 음성이었지만 미처 소식을 접하지 못한 하객들은 주인공 없는 결혼식장에서 황당해했고 화상으로 거행되는 결혼식을 화면으로 지켜보아야 했다고 하니 당사자인 신랑 신부의 마음고생이 짐작돼 안타까웠던 기억이 있다.

그런가 하면 지난 11월에는 시댁 조카딸이 코로나로부터의 부담을 조금이라도 피하고자 야외 결혼식을 올렸다. 많은 사람들이 모이는 밀폐된 공간보다는 부담감이 덜 한 야외 결혼식을 택한 것이다. 요즘은 결혼식장에 가면 민망할 정도로 하객들이 없다는 이야기를 들은 적이 있는데 야외가 부담감이 덜 했는지 다행히 그 정도는 아니었다.

우리나라 결혼식은 보통 차분한 분위기에서 격식을 갖추어 올려야 한다는 고정관념이 있는 편이다. 그러나 최근 신세대 결혼 커플 사이에선 이런 틀에서 벗어나 조금 더 편안하고 특별한 분위기의 결혼식을 선호한다. 검은 머리가 흰 파뿌리가 되도록 잘 살라는 주례사가 이제는 찾아보기 힘들고 고정관념을 깬 두 사람만의 특별한 이벤트를 추가해서 자신들만의 특별한 결혼식을 준비한다. 한 번뿐인 순간을 특별하게 보내고자 준비한 신랑 신부의 독특한 아이디어가 반짝이는 결혼식이 요즘은 그래서 볼만하다.

야외 결혼식이 진행되는 동안 내내 안쓰러웠던 것은 얇은 웨딩드레스 하나로 차가운 겨울바람을 견뎌야 했던 신부가 추위에 떠는 모습이었다.

그 모습을 보면서 코로나가 생기기 몇 해 전에 청주 향교에서 보았던 전통혼례가 생각났다.

내 아이에게도 권하고 싶게 인상적이었던 전통혼례식. 그곳에서 신부가 입었던 넉넉한 전통혼례복이었다면, 이 추위에 좀 더 따뜻하게 챙겨 입을 수 있었을 것이라는 생각이 들었다.

언제부터인가 결혼식에 대한 고정관념이 사라졌다. 봄이나 가을에 몰려오던 청첩장이 이제는 계절과 무관하게 날아들었고 겉치레보다는 실속 있는 구성으로 소규모 웨딩이 각광을 받으며 식사 대신 답례품으로 대신하는 예도 적지 않다.

결혼은 누구나 하는 것이고, 누구나 해야 하는 것이 사회의 통념이지만 암울한 취업난과 점점 살기 힘들어지는 현실에서 젊은이들이 쉽게 포기하는 것이 결혼과 출산이다.

그런 가운데 하겠다는 결혼도 코로나의 확산과 만만찮은 비용으로 미뤄지는 현실이 안타까울 뿐이다. 이럴 때 각 지역에 있는 향교에서 지자체와 협력하여 쉽게 다가갈 수 있는 비용과 장소 제공으로 적극 이 역할을 대신해 준다면 어떨까.

유교문화 위에서 설립되고 운영된 교육기관이었던 향교가 전통혼례식을 통해 무너지는 전통과 예절을 살리는 디딤돌이 되었으면 싶은 마음이다.

꿈꾸는 세상

    몇 해 전 충청북도 장애인 복지관에서는 발달장애가 있는 장애인들의 자기주장 발표를 개최한 적이 있다. 자기결정 능력을 향상하고 대중 앞에서 자신의 의견을 주장함으로써 사회인식 개선과 이를 통해 스스로 권리를 찾을 수 있는 능력을 배양하기 위한 자리에 심사위원으로 초대받아 참석하게 되었다.

    무대에 올라 그동안 연습하고 준비해온 자기주장을 발표하는 선수들의 목소리는 떨리고 긴장한 모습이었다. 무대라는 것이 주는 부담감은 혹시라도 관객과 눈이라도 마주치면 대사를 잊어버릴 정도로 울렁증이 있기 마련이다. 그러한 분위기를 잘 알고 있다는 듯 객석에서 보내는 장애인과 비장애인의 무언의 응원은 밝은 에너지를 보내주어 장내는 내내 화기애애했다.

경찰이 꿈이라는 지적장애인 중학생이 발표할 때는 또래 학생들의 밝은 웃음이 시원한 박수를 유도하기도 했다. 자신의 장애로 꿈을 이룰 수 없지만 학교에서 장난감 총이나 모형 수갑을 가지고 다니며 정의 실현을 위한 노력을 한다고 하였다.

초등학교 4학년 때 교통사고의 후유증으로 후천성 장애를 입은 청년은 비장애인들보다 더 열심히 성실하게 살고 있지만, 꿈을 위한 현실의 벽은 높기만 하다며 벽을 낮출 수 있는 노력을 함께 기울여 주기를 당부하는 주장도 있었다.

한 사람씩 발표가 끝나고 나면 긴장도 풀어줄 겸 심사위원들이 돌아가면서 가볍게 질문을 하는 시간이 있었다. 트로트 가수가 꿈이라는 소녀에게 노래를 부탁하자 당황한 듯 멈칫하였지만, 복지사의 도움으로 멋진 한 곡을 부르자 실내는 또다시 후끈 달아올랐다.

비록 박자와 음정. 그리고 가사 전달도 힘든 상황이었지만 사람들을 기쁘게 해주고 싶어서 가수를 꿈꾼다는 소녀의 마음이 아름답게 보였다.

멋진 대학생활을 꿈꾸는 발달장애가 있는 친구는 장애인을 위한 학습과정으로 편성된 학과를 만들어 주길 희망한다고도 했다.

발표자 중에는 비록 장애를 가지고 있지만 취업을 해서 하루빨리 돈을 벌고 싶어 하는 청소년들이 많았다. 돈을 벌면 무엇을 제일 먼저 하고 싶으냐는 질문에

"음…부모님께 맛있는 거 사주고 싶어요. 맛있는 거 많이 사주고 싶어요"

"맛있는 거 먹으러 갈 거예요, 엄마하고…. 내가 사줄 거예요…"

그들의 따뜻한 마음이 애잔하게 와닿는 소박한 대답이었다.

가장 큰상을 받으신 분은 나이가 좀 있는 분이셨다. 비장애인들처럼 쇼핑도 하고 친구들과 수다도 떨면서 시간을 보내고 싶었지만, 자신이 없고 두려운 마음에 스스로 갇혀 지냈다고 한다. 그러나 복지관에서 다양하고 반복된 교육으로 손재주가 있는 자신의 장점을 발견하고, 주변의 칭찬에 힘을 얻어 자신감을 갖게 되니 무엇이든 하고 싶은 욕구가 생겼다고도 했다.

열심히 성실하게 노력하여 얼마 전 백화점에 취직을 하였다는 발표에 관객은 환호성을 지르며 박수갈채를 보냈다.

단순노동이지만 자신의 힘으로 돈을 벌고 있다는 자부심에 행복하다며 밝게 웃는 그녀.

소방관. 사회 복지사. 요양 보호사. 기관사 등 자신의 꿈을 안고 발표무대에까지 오르게 된 용기만으로도 참가자 모두 상을 받는 뜻깊은 시간이었다.

선천성 장애보다 후천성 장애가 더 많은 현실에서 장애가 나와 상관없는 이야기만은 아닐 것이다. 사랑하는 사람들과 맛있는 것 먹고 행복하게 살고 싶다는 그들의 소박한 꿈에 비장애인이 동행하여 따뜻한 시간 속으로 함께 걸어가야겠다.

가을은 참 예쁘다

작은 거미 한 마리가 벽을 타고 올라가는 듯하더니 이
내 거미줄을 타고 힘차게 내려온다.

어디로 갔을까? 시야에서 멀어진 거미를 찾아 화장지
에 싸서 버리려다가 이내 관두었다.

오늘은 왠지 해충이라도 살아있는 생명을 죽이는 것이
내키지 않을 만큼 마음이 넉넉하다.

이른 아침에 친구가 카카오톡으로 보내준 노래가 흥얼
거려지는 것은 깊은 가을에 물든 내 가슴을 흔들었기 때
문이다.

'가을은 참 예쁘다 하루하루가

코스모스 바람을 친구라고 부르네.

가을은 참 예쁘다 파란 하늘이

너도나도 하늘에 구름같이 흐르네.

조각조각인 구름도 나를 반가워 새하얀 미소 짓고

그 소식 전해줄 한가로운 그대 얼굴은 해바라기

나는 가을이 좋다 낙엽 밟으니

사랑하는 사람들 단풍같이 물들어'

가을을 있는 그대로 표현한 예쁜 가사가 마음에 드는 박강수의 '가을은 참 예쁘다'란 노래다. 청아한 가수의 목소리가 듣기 좋게 어울려 내 마음을 부드럽게 토닥거려 주었다.

가을이 되면 나무는 겨울을 날 준비를 한다. 봄과 여름 내내 무럭무럭 자라던 나무는 낮이 짧아지면서 자라는 것을 잠시 멈추고 수분과 영양분이 몸에서 빠져나가는 것을 막기 위해 나뭇잎을 떨어뜨릴 준비를 한다. 노란 은행잎과 빨간 단풍잎으로 혹은 저마다의 색깔로 의도하지 않는 시간에 스스로 스며들어 가는 것이 자연이다. 자연은 스스로 그러한 것이다.

같은 감성을 가진 사람들끼리의 만남은 그 즐거움이 배가된다.

나와 같은 감성을 나누는 동생들은 사랑스럽고 언니들은 아름다우며 친구들은 소중하다.

푸른 하늘에 하얀 구름이 유난히 아름답던 날 같은 감성을 가진 사람들이 모여 자동차 한 대로 충주댐으로 가을 드라이브를 하였다. 하루가 다르게 물들어가는 가로수 잎이 떨어지며 만들어낸 또 다른 길에 가을 바스락거림이 온몸으로 전해오는 시간이다.

바람에 휘날리며 떨어지는 단풍잎을 보던 나의 입에서 "마른나무 가지에서 떨어지는 작은 잎새 하나…"로 시작되는 '옛 시인의 노래'를 불렀다. 이제 누가 먼저랄 것도 없이 어느새 노래는 합창이 되어 울려 퍼졌다. 낙엽을 찾아 밟으며 '당신은 모르실거야' '찻잔' 'J에게' '가을이 오면' 등 청명한 가을 하늘에 울려 퍼지는 여인들의 목소리가 파란 하늘에 잠자리 떼처럼 날아다니는 최고의 노래방이었다.

만남은 많은 사람들의 개성만큼이나 여러 색깔들의 성

격들이 있다.

만나서 새로 산 가방 이야기나 나누고 돌아오면 그건 가방과의 만남이고, 새 신발 이야기를 나눴다면 그건 나와 상관없는 상대의 새 신발과의 만남이다.

은근히 자식 자랑과 욕하면서도 끝내는 남편 자랑인 만남, 혹은 내가 알지도 못하는 상대의 이웃집 여자의 이야기는 피곤하기 이를 데 없다. 그런 만남을 하고 집으로 돌아오면 꾸깃꾸깃 구겨진 그동안의 내 소중한 시간들만이 아까워질 뿐이다.

그런 만남들은 되도록 피하고 싶지만 같은 감성을 나누는 사람들과의 행복한 만남은 헤어지는 시간이 아쉬울 정도다.

가을이 없었다면 요즘 얼마나 삭막할까, 하는 생각을 한다.

뉴스에서는 연신 훈훈한 이야기는 세상에 존재하지 않는다는 듯 정치. 경제는 검은 구름만이 뒤덮여 있다 하고, 사회면은 마치 어둠만이 존재하는 듯 자극적인 것만 찾아서 내보내니 '참, 지랄도 풍년이구나'라는 생각에 답답한 요즘이었다.

　인간 사회에서 위로받지 못하는 것을 자연에 위로받는 가을.

　마지막까지 온몸으로 부서지며 내어주는 자연의 소리를 들으면 산울림이 부른 노래 '청춘'이 겸손함을 불러온다.

　'언젠가 가겠지 푸르른 이 청춘

　피고 또 지는 꽃잎처럼….'

꽃보다 아름다운 참사랑

선유도 여행길에서 우연히 만난 지인의 아들이 반가워
서로 사진을 찍어 주었다.

날씨가 얼마나 좋은지 푸른 바다 위로 펼쳐진 파아란
하늘 위에 동동 떠 있는 흰 구름은 마치 징검다리를 놓은
것 같았다. 멋진 배경 때문인지 인물 사진도 자연의 일부
처럼 보였다.

내가 찍은 사진은 그의 어머니에게 보내주겠다고 한 약
속을 지키려 지인의 카톡을 두드렸다.

카톡의 프로필 사진 배경화면에는 그녀의 귀여운 손주
들이 뒹구는 모습이 올라와 있다.

'두 아이의 아빠가 되었어도 부모의 눈에는 늘 물가에
내놓은 아이같이 걱정'이라는 지인의 말에 '반듯하게 잘

키웠으니 걱정하지 않아도 된다'고 했다. 그 마음이 모든 부모의 마음이라는 것을 너무도 잘 알기 때문이다. 배경화면에서 뒹구는 그녀의 손주들에게 눈길이 멈춰지고 '천사가 따로 없구나'라는 생각에 저절로 미소가 지어졌다.

어느 때부터인가 친구들의 카카오톡 배경화면에도 본인들의 모습이 아닌, 아기들의 사진이 심심치 않게 올라가는 모습을 보게 되는 나이가 되었다.

"꼭 그렇게 할머니티를 내야 하는 거니?"

일찍 아들을 결혼시킨 희자에게 시샘 반 부러움 반으로 친구들이 볼멘소리를 하자 "너희들이 아직 몰라서 그런 거란다. 시어머니 핸드폰 배경화면에 손주 사진을 넣어주는 것이 며느리에 대한 예의란다"라고 대답해 한참을 웃었다

희자는 자랑질이 부러운 친구들의 놀림에 슬며시 액정을 잠재우면서도 연신 싱글벙글 한다.

그러고 보니 손주를 얻고 할아버지 할머니가 된 사람들의 핸드폰 배경 사진에는 자랑스럽게 어린아이들이 자리를 차지하고 있는 것을 쉽게 볼 수가 있다.

어디 그뿐이랴 손주 자랑은 돈 주고도 한다는 우스갯소리도 있는 것을 보면 자식보다 손주가 훨씬 예쁘긴 한가 보다.

"아무리 손주가 예뻐도 내 자식보다 귀하고 예쁘기야 하겠어요. 저는 이해가 잘 안 가네요"

어느 날 손주 자랑에 여념이 없으신 분께 질문을 하자 "자식은 내가 먹이고 입히고 신경 써야 하는 일차적 책임이 있었지만, 손주는 그저 예뻐만 해주면 되잖아요."라고 한다.

아! 그럴 수 있겠다는 생각이 들었다. 젊은 나이에 가진 내 자식은 먹고사는 일에 바빴기에, 자식이 귀엽기는 하였지만 책임이 우선이었던 것이 사실이다.

나이가 들면 '지갑은 열고 입은 닫아야 한다'라는 말이 있지만 닫은 입을 무장해제시켜버리는 것 또한 손주들이다. 나이가 든 만큼 심적으로나 경제적으로 여유가 생겼기 때문인지 이야기보따리 중의 보따리가 손주 자랑이다. 앞다투어 자랑하는 조부모들의 눈에서는 손주 사랑이 뚝뚝 떨어진다. 자식 키울 때 손에 들었던 매가 손주에게는 장난감 하나 과자 하나 더 쥐여주고 싶어 오냐오냐 하기도 한다. 손주 바보들의 아름다운 모습이다.

조부모들의 핸드폰 액정 속에서 커가는 손주들이 있다면, 맞벌이를 해야 하는 젊은 부부들이 쓰는 '부모님 찬스'로 커가는 아기들도 있다. 아기들의 눈을 자세히 들여다보면 세상에 존재하지 않는 마법 같은 무언가를 발견하는 기쁨이 있다. 수없이 날리는 손주의 웃음이 눈에 밟혀 힘에 부치지만, 손주 돌보는 일을 마다할 수 없다고 한다.

또한 본인들과 자녀와의 관계가 손주들을 통해서 더욱 견고해진다고 생각되기 때문에 힘들어도 자녀들이 자리 잡을 때까지 '부모님 찬스'권을 준다고 하는데….

노래 가사처럼 누가 뭐래도 사람이 꽃보다 아름다운 우리 참사랑의 모습들이다.

영원히 그리운 내 편

가방 속 지퍼 안쪽에 넣어둔 흰 봉투가 손끝에 걸려 올라왔다. '어머니 유산'이라고 쓰인 글씨가 어머니의 모습처럼 고운 숨결로 다가온다. 속은 다 타고 겉만 남아 새털처럼 가벼웠던 어머니의 모습처럼 한 획 한 획 그려진 힘없는 필체에 어머니의 혼이 느껴져 접힌 봉투를 펴며 몇 번이고 쓰다듬었다. 어느새 떨어진 눈물방울이 봉투를 적신다.

몇 년 전 어머니께서는 외할머니에게서 받은 시골 땅을 팔았다. 첩첩산중에 있는 땅이라 어머니가 살아생전에 팔린 것만도 다행이었다. 이모님과 공동명의로 되어있었던 터라 돌아온 금액도 그리 크지 않았는데 그중 일부를 흰 봉투에 담아 우리 오 남매에게 나눠 주셨다.

얼마 되지도 않은 금액인데 어머니 쓰시라고 한사코 거부하는 내게 그동안 해준 것이 없어 마음 아프셨다 하시며 기어이 손에 쥐여주며 흐뭇해하셨다.

"고마워요 엄마. 잘 쓸게요. 우리 엄마 글씨도 참 예쁘게 쓰셨네 잘했어! 그런데 유산이라는 말이 거슬리고 기분 안 좋아요 유산이 뭐예요 유산이….."

유산이란 죽은 사람이 남기고 간 재물인데 살아계신 어머니가 유산이라는 단어를 썼다는 것에 기분이 좋지 않았던 나는 기어이 한마디 하고 말았다. 그러면서도 어머니의 고운 필체가 적힌 봉투를 여태 버리지 못하고 소중하게 간직하고 있다.

요즈음 소화가 잘되지 않는다. 무엇을 먹어도 체한 기분이다. 어찌 육체뿐이랴, 지난간 시간의 기억으로 들이대는 소소한 일들이 이래저래 후회와 아쉬움으로 올라와서 감정을 추스르기 힘들다. 지난 4월 어머니가 돌아가시고 참 오랫동안 슬프고 우울했다. 혼자 있어도 슬펐고 친구들과 함께 있어도 기쁘지 않았다. 꽃이 피면 피는 대로, 날씨가 좋으면 좋은 대로, 달이 밝으면 밝은 대로 마음에서는 온통 시빗거리였다.

내 어머니는 안 계시는데 변한 것 없이 흘러가는 세상이 얄미웠다. 세상에서 가장 따스하고 깊은 말 '엄마'를 부를 수 없는 고아가 된 것도 서러웠다.

문득 우울증이 아닌가 싶어 자신을 체크해보니 원인의 밑바닥에는 어머니와 합의하지 못하고 일방적으로 잘린 이승에서의 천륜이라는 탯줄을 잡고 황망해 하는 내가 서 있다.

가슴 밑바닥에 있던 고향이 한순간에 사라진 기분이었다. 벌거벗겨진 나무가 뿌리 뽑힌 채 뙤약볕에서 말라가고 있는 것처럼 마음속에는 마른 먼지만 날렸다. 겉으로는 웃고 있어도 순간순간 흐르는 눈물을 훔치느냐 마음속은 바빴다. 대단한 효녀도 아니었는데 어머니가 좋아하던 음식을 먹어도, 어머니가 즐겨 듣던 노래를 들어도, 어머니와 함께 걷던 길을 걸어도 이제는 어머니를 볼 수 없다는 것이 모든 것의 원인이었다. 흘려들었던 부모님에 대한 대중가요의 가사가 모두 내 얘기 같아 눈물 바람을 일으키고 있다는 것도 낯설었지만 현실이었다.

왜 그렇게 못해 드린 것만 가슴에 사무치는지 아직도 꿈을 꾸고 있는 것 같고 어머니의 죽음이 받아들여지지 않는다.

유대 민족의 속담 중 '신은 모든 곳에 있을 수 없기에 어머니를 만들었다.'는 말은 흔히 어머니에 관한 이야기를 할 때 가장 많이 인용되는 말이다. 전지전능한 신의 본성을 어머니에 비유한 것은 그만큼 모성이 지닌 희생과 가치가 위대하다는 뜻일 것이다.

"너는 그 나이에 아직도 엄마가 있어서 좋겠다. 나는 고아인데…"

어느 날 누군가 내게 한 말이다. 이제는 내가 또 다른 그 누군가에게 하게 될 부러운 말이 되고 말았는데 어머니는 어떤 형태로든 그리움 이상을 뛰어넘는 것 같다.

미수(米壽)의 어머니 연세와 상관없이 무조건적인 사랑

으로 늘 내 편에 서 계셨던 어머니.

　지금, 이 순간도 너무 보고 싶다.

　살아 계실 때 잘하라는 말이 뼈를 때린다.

영혼을 갉아먹는 말

사람들이 많이 모이는 곳에서는 엿듣고 싶지 않아도 귀에 들리는 이야기들을 들을 수밖에 없다. 그 내용이 유익한 것이라면 좋겠지만, 경우에 따라서는 불쾌한 단어나 내용들이 들릴 때면 나도 모르게 말하고 있는 사람을 다시 쳐다보게 된다.

"어제는 저녁 운동 끝나고 집으로 가는 곳에서 경찰이 음주운전 단속하던데 그쪽도 했어?"

"그래? 나도 저녁 늦게 들어갔지만 짭새는 못 봤는데"

헬스장에서 나이가 지긋한 아주머니들의 대화가 듣고 싶지 않아도 들려왔다. 육십 중반은 훨씬 넘어 보였지만 '나이에 비해 자기 관리를 잘하는 멋진 사람들이구나'라는 생각으로 바라보았었다. 그런데 '짭새'라는 비속어가 나오자 놀라서 다시 한번 쳐다보게 되었다. 그들에게 가졌던 좋은 인상이 교양 없는 사람이라는 인상으로 바뀌는 순간이었다.

몇 년 전이었던가. 그날도 아이들을 등교시키고 출근 차량으로 밀리는 도로를 지나 집으로 들어가고 있을 때였다. 신호를 기다리고 있는 교차로 한편에서 큰소리를 질러 대며 삿대질을 하는 여자가 눈에 들어왔다. 무슨 일인가 궁금해하며 쳐다보니 여자의 앞에는 당황한 모습의 의경이 쩔쩔매고 있었다. 교통 법규를 지키지 않은 사람과의 실랑이라는 생각을 할 때 눈앞에서 경악을 금치 못하는 광경이 벌어졌다. 턱 밑에 얼굴을 들이대고 경찰관의 가슴을 밀며 삿대질을 하던 여자가 갑자기 의경의 뺨을 왕복으로 사정없이 때리는 것이었다.

아무리 억울하고 뭔가 잘못되었다고 해도 단속 중인 경찰의 따귀를 때리는 여자의 모습은 정당화될 수 없는 무식한 행동이었다. 대로변에서 대낮에 의경이 느꼈어야 할 수치심이 온몸으로 나에게도 전해지는 듯했다.

의경은 병역 의무 기간 동안 군 복무 대신 경찰의 업무를 보조하는 경찰이다. 만약에 그 가족이 이 길을 지나다가 우연이 그 모습을 보았다면 얼마나 분노에 치를 떨었겠는가. 교통 경찰관이 바쁜 출근길에서 질서를 잘 지키는 사람을 잡지는 않았을 것이다. 신호에 밀려 그 자리를 벗어날 수밖에 없었지만 몇 년이 지난 지금도 나는 그 장면이 잊히지 않는다. 하물며 그 젊은 경찰관은 대낮에 많은 사람들이 보는 곳에서 당한 치욕을 평생의 트라우마로 지니며 살아갈 것이다.

여덟 살 때로 기억된다. 마을 사람들이 '독크'라고 부르는 사람이 있었다. 늘 같은 옷을 입고 작은 키에 다부진 몸을 가진 그 사람이 내게는 무척 무서운 아저씨였다. 어른이나 아이들이나 그가 지나갈 때면 "독크 독크"하며 불렀고 심지어는 혀를 끌끌 차면서 다가오라는 손짓을 하곤 했다. 더러는 심술궂은 개구쟁이 남자애들은 그를 향해 돌을 던지기도 하였다. 그러면 평소에는 순하던 그가 불같이 화를 내며 놀리는 아이들을 향해 달려가곤 했는데, 그 모습이 얼마나 무서웠던지 멀리서라도 그 사람이 보이면 다른 곳에 숨어서 그가 지나가기를 기다리곤 했다. 나

중에 알고 보니 '독크'는 '개'를 의미하는 영어 낱말 'dog'였다.

무슨 뜻인지도 모르고 아이들은 들리는 대로 어른들이 하는 행동을 따라 했던 것이다.

비어(卑語)는 상스럽고 거친 말로 보통 대상을 얕잡아 보고 사용하는 거친 말이다. '짭새'와 '견찰'이라는 오염된 언어로 불리는 경찰도 제복을 벗고 퇴근을 하고 나면 한 집안의 소중한 가족이며 우리의 이웃이다.

듣는 이에게 수치심과 파괴력을 유발하는 말은 농담으로라도 하지 말자. 상대의 영혼을 갉아먹는 오염된 말을 잘못 사용하면 자신을 깎아 내리는 일이기도 하기 때문이다.

chapter 4

보약 같은 친구

나만의 행복 찾기

살아가면서 우리는 가끔 온전히 혼자만의 시간을 원할 때가 있다.

누구와도 함께 할 수 없는 나만의 행복 찾기가 그 안에 있기 때문이다. 특히 이번처럼 명절 연휴를 지내고 나면 그 어떤 날보다도 더 절실히 혼자만의 시간을 갖기를 소망하는 사람들이 주부들일 것이다. 가사 노동이 예전처럼 일방적인 것이 아니었다 하더라도 의도치 않은 스트레스가 쌓이는 것이 명절이다.

어디 주부들뿐이겠는가. 누군가의 자녀이고 누군가의 부모이고 배우자이며 어딘가에 속해있는 사회 구성원인 모든 사람들의 소박한 꿈이 가끔은 혼자만의 시간일 것이다. 나 또한 가끔은 철저히 혼자 있는 휴식을 원하지만 쉽지 않은 현실에 기회만 엿보고 있다.

얼마 전에 어머니와 단둘이 남해 쪽으로 여행을 다녀왔다는 지인을 오랜만에 만났다.

꽉 찬 나이에 배우자를 찾기보다는 부모님과 함께 사는 그녀는 이번에 제대로 된 효도를 아주 쉽게 하였다며 싱글벙글하다. 만족감의 평가는 베푼 쪽이 아니라 받는 쪽의 몫인데 자신있게 이야기하는 그녀의 말에 고개가 갸웃해졌지만 듣고 나서 이내 수긍이 되었다.

어머니와의 여행에 불편함이 없게 하려고 그녀는 열심히 여행 계획을 짰다고 한다.

여행 장소 또한 자신보다는 어머니가 가고 싶다는 곳에 장소를 찾아 근처 호텔을 정하였다.

도착 다음 날은, 즐거운 여행을 위해 그녀가 계획한 일정을 소화하기 위해 어머니를 모시고 숙소를 나서야 했다. 그런데 정작 어머니는 침대에서 일어날 생각도 하지 않더라는 것이다.

심지어 어머니는 호텔에 있을 테니 방해하지 말고 딸혼자서 늦게까지 놀다 오라고 등을 떠밀더라는 것이다.

"제가 그랬죠. 아니 이럴 거면 집에서 혼자 계시지 왜 여기까지 와서 비싼 돈 주고 방에만 있느냐고…. 정말 괜찮냐고 하니 그렇다는 거예요. 어차피 어머니를 위한 여행이라 어머니의 뜻대로 저는 저대로 혼자만의 여행을 했죠. 저도 나름은 좋았어요"

밝게 이야기하는 그녀에게 어머니의 하루 일정이 어땠는지를 물어보았다.

저녁에 호텔로 돌아오니 어머니는 그때까지 잠옷 바람으로 보고 싶었던 영화도 보고, 음악도 듣고, 자고 싶으면 자고, 호텔 냉장고에 비치된 음료수도 꺼내 마시며, 당신 생애 최고로 혼자만의 시간이 행복했다고 한다.

이야기를 듣는 내내 그녀의 어머니가 어떤 기분이었을지 상상이 되었다. 그녀의 어머니는 딸 덕분에 그동안 꿈꾸던 최고의 휴식을 취한 것이다. 호텔에 비치된 냉장고의 음료수는 시중보다 비싸다는 것을 어머니가 모르지는 않았을 것이다. 그런데도 당신에게 있어 최고의 사치를 자신에게 선물하고 싶었던 마음이었을 것이다. 청소, 빨래, 식사 등 일상적인 모든 것에서 해방되어 온전히 자신만을 위한 안식일을 즐겼던 것이다.

걱정스럽고 미안한 마음에 전화하는 딸에게조차 방해하지 말아 달라고 했다니 참 멋있는 어머니라고 엄지를 치켜 주었다.

가끔 나도 집에 혼자 있을 때 온전한 나의 시간과 휴식을 취하려 한 적이 있다.

그러나 익숙한 공간에서의 휴식은 나의 손길을 기다리는 일들이 눈에 거슬리게 많아 쉬기가 힘들다. 주부들에게 가정이 퇴근 없는 직장으로 생각되는 것은 이 때문일 것이다.

영국의 동화작가 조지 맥도널드는 말한다.

'항상 일만 해야 하는 건 아니다. 신성한 게으름도 인생에선 소중한 선물이다. 그럼에도 사람들은 이 선물 받기를 애써 무시한다'.

그리워서 서운하시죠

외출 후 집에 도착하니 현관 문고리에 검은 비닐봉지가 걸려 있었다. 택배인가 싶었던 마음이 비닐봉지라는 것에 머물며 들여다보니 아직도 따끈따끈한 찰떡 한판이 들어 있었다.

"손도 크시지…"

누가 가져다 두었는지 짐작이 갔다. 영양 찰떡에는 보기만 해도 건강해지는 견과류가 가득 들어있었다.

이웃에 사시는 아주머니께서는 해마다 이맘때쯤이면 겨울 간식으로 정성껏 농사지은 콩과 대추. 밤 등을 넉넉히 넣고 영양 찰떡을 만드셨다. 유난히 인심이 후하신 아주머니는 떡이 따끈할 때 몇몇 이웃집에 돌리고 겨우내 남편에게 간식으로 내어주시곤 하였다.

남달리 금슬이 좋았던 내외분은 남편분이 암 투병 중일 때도 먹고 싶다는 것은 다 만들어 입맛을 되찾게 간병하셨다. 하지만 남편 되시는 분은 자신 때문에 고생하는 아내를 보기 미안하고 안쓰럽다며 서둘러 돌아가신 지 올해로 2년째 되는 해이다.

"세월 참 빠르지? 우리집 아저씨는 돌아가시기 전에 일부러 곡기를 끊으셨어. 자기가 살아있으면 내가 힘들어서 안 된다면서 병원에서 놓는 주사도 거부하고 링거도 다 뽑아 버리고…."

"아저씨도 안 계시는데 찰떡은 왜 하시는 거에요?"

"먹으려고 하지. 이렇게 나눠 먹기도 하고 그러면 좋잖아. 하하하. 서운해서 그래. 매년 하던 걸 안 하면 서운해서…. 한 삼 년만 더할 거야."

이웃에 살면서 두 분의 잔잔한 사랑 표현을 알고 있었던 터라 떡을 먹으면서도 아주머니의 마음이 어떠셨을까 싶은 생각에 애잔한 마음이다.

장백을 만나다

생태. 평화. 우정을 주제로 열리는 '제1회 장백예술제'
에 다녀왔다. 표현의 자유와 다양성을 확대하고 창의성을
고양하기 위한 백일장 및 그리기 등의 행사는, 코로나19
의 지역사회 확산을 방지하고 사회적 거리두기에 동참하
기 위하여 공모전이나 온라인으로 실시하고, 프로그램 일
부 중 하나인 '한복패션쇼'는 목행 강변 야외에서 진행
된다는 지인의 초대로 응원차 들렀다.

목행동에 위치한 '목수마을 장백예술제'는 충주에서 태
어나 주로 충주에서 작가 활동을 하다 작고한 화가 장백
(본명 장병일)의 생애와 작품세계를 기리기 위한 행사였다.

그의 친구들이 떠난 그를 그리워하고, 그와의 추억들
로 위로받고, 그를 추모하려 마음을 다해 그가 작품 활동

을 하고 살던 목행동 목수마을에서 준비한 것이라고
했다.

같은 지역에 살고 있으면서도 처음 접한 작가의 이름과
목수마을에서 행사가 이루어져 나무를 다루는 작가로 생
각하였는데 그는 화가였다.

하루가 다르게 변해가는 삶 속에서 누군가를 기억하며
살아간다는 것은 쉽지 않은데 생을 마치고서도 그의 친구
들 가슴에 머무는 삶을 산 작가는 참 행복한 사람이라는
생각이 들었다.

목수마을의 목자는 조선시대 충주목(忠州牧)의 목자이
고 수는 물 수(水). 즉 충주목의 북쪽에 있는 (강)물이 목수
(牧水)이고, 목수 옆 마을이 목수마을이라고 한다. 관심을
가지지 않으면 알 수 없었던 것을 장백예술제로 인하여
알게 된 지역적 유래였다.

장백의 그림은 목행역 야외에 시화전으로 전시되어 있
었다. 장백 화가의 그림 한 점 한 점에 덧붙인 오래된 벗
윤승진 님의 시에서는 진한 우정을 간접적으로 느낄 수
있었다. 야외 전시와 지속되었던 장맛비의 악재로 장백의
작품 원본을 보지 못한 것이 아쉬움이라면 아쉬움이었다.

두 작가의 애틋한 시와 그림을 가슴에 안고 '한복패션쇼'가 열린다는 목행 강변으로 갔다.

그곳에서는 서울에서 내려온 시니어 모델들이 가채를 쓰고 궁중한복 패션쇼를 준비 중이었다.

문화 예술을 접하기가 녹록지 않은 요즘인데 서울에서 내려온 시니어 모델들의 한복패션쇼는, 아름다운 목행 강변의 풍경과 어우러져 레드카펫 위를 걷는 화려한 볼거리를 제공해 주었다.

패션쇼가 열리기 전 잠깐이지만 몇 명의 참석자를 대상으로 일일 모델 체험도 있었다.

바른걸음과 모델 워킹, 사진 포즈 등의 짧은 체험은 배우는 사람들에게는 어설픈 흉내 내기에 그칠 뿐이었지만 당당하게 앞을 보고 걷는 시선 처리는 체험자들에게 자신감을 심어주었다.

배꼽을 중심으로 발끝을 옮기라는 모델 워킹이 바른 자세를 만들어 가는 데 도움이 된다는 것도 알게 해주었다.

'그림을 시작한 이후 작업행위에서의 일관된 나의 관심은 고통을 토해내는 것이었다.

나의 삶 속이나 나의 의식 속에 깊이 찌들어 있는 고통의 찌꺼기들을 걸러내어 작업의 모티브로 삼아왔다. 비조-푸른 창공을 자유롭게 노니는 한 무리 새들처럼 그렇게 나도 하늘을 비상할 수 있기를 꿈꾸어왔다. 오늘도 나는 기도하는 마음으로 두 어깨를 더듬어 본다.

* 날개-날개가 돋아나기를 기다리며 (장백 작업노트 중에서)'

그에게 있어 '참 미술은 생활체험의 솔직한 고백이며 아름다움의 가치는 외형적인 것에 있는 것도 관념 속에 있는 것도 아닌 일상생활 속에 있는 것이다'라고도 했다.

'목수마을 장백예술제'를 통해 늦게나마 우리 지역작가를 알게 된 뜻깊은 시간이었다.

정(情)으로 살아가는 세상

방앗간에서 도정을 거쳐 껍질을 벗긴 옥수수가 비닐봉지 안에서 다음 변신을 기다리고 있다. 삶아 먹으면 부드러운 간식이 될 것이라며 며칠 전 친정 언니가 챙겨준 옥수수다.

껍질 깐 옥수수는 밥에 넣어 먹거나 뻥튀기해서 먹으면 입안에 달라붙는 껍질이 없어 부드럽기도 하고 옥수수죽이나 범벅을 해 먹어도 좋다고 했다.

마음 같아서는 언니가 알려준 대로 옥수수와 콩, 팥 등을 넣고 푹 삶아서 먹으면, 영양가도 있고 옛 추억도 생각나련마는 그것도 요리라고 시간을 내서 별미로 해 먹어야 한다고 생각하니 마음의 여유가 생기지 않았다.

동장군의 위력과 코로나로 집 안에 머무는 시간이 많아

진 요즘에는 구진함에 군것질거리를 자주 찾게 된다. 이럴 때 옥수수를 튀겨 먹으면 좋겠다는 생각에 뻥튀기하는 곳을 찾았다.

"자기야! 장날 하천가에 있는 뻥 튀겨주는 곳에 갔더니 보통 한두 시간은 기다려야 한다네. 혹시 장날이 아니더라도 어디 튀겨주는 곳이 없을까?"

시장 근처에 사는 지인과 통화를 하며 지난 장날 난전에 있던 뻥튀기는 곳을 들렸을 때의 상황을 설명하였다. 생각보다 시간이 오래 걸린다는 사실에 살짝 당황스러웠던 것이다.

지인이 알려준 가게에는 노부부가 손발을 척척 맞춰가며 먼저 온 손님의 옥수수를 기계에 넣고 돌리는 중이었다. 가스불로 시간을 맞춰 놓았는지 알아서 돌아가는 기계를 보며 어린 시절에 보았던 작은 장작불과 풍구가 생각났다.

뻥튀기 아저씨는 오일장에서 쉽게 볼 수 있었다. 뻥이

요 하는 우렁찬 목소리로도 알 수 있었고 사방에 퍼지던 고소한 냄새로도 동네 개구쟁이들을 모여들게 했다.

한 김 뺀 기계에 쇠꼬챙이를 걸어 터트릴 준비를 하면 우리는 옆에서 귀를 막고 언제 터질까 하는 긴장감에 눈을 감거나 돌아서서 기다리곤 했다. 뻥! 소리와 함께 하얀 연기가 사방으로 퍼지면서 뻥튀기가 쏟아져 나오면 고소한 냄새가 코를 유혹하고 아이들은 기다렸다는 듯이 망을 뛰쳐나온 고소한 강냉이를 주워 먹느냐 신이 났었다. 그때는 가난해도 가난을 몰랐고 추워도 그리 추운지 모를 정도의 인심이 있었다.

가게에 나보다 먼저 와 있던 아주머니와 맞장구를 쳐가며 옛날 뻥튀기에 대한 추억의 담소를 나누었다. 아주머니는 잘 튀겨진 튀밥을 맛보기로 쥐여주며 즐거워했다.

금방 튀긴 뻥튀기의 고소한 식감을 입안 가득 느끼며 줄 서 있는 깡통 속을 둘러보았더니 처음 보는 낯선 것이 담겨있었다. 무엇이냐고 물어보니 직접 산에서 채취하고 손질한 둥굴레라고 한다. 둥굴레도 튀겨 먹느냐는 나의 질문에 물을 끓이거나 차로 우려내어 먹는다고 한다. 아주머니는 해마다 이맘때쯤 일곱 방의 뻥튀기를 튀겨 자식들과 이웃들에게 두루 나누어 준다고 했다. 인심 좋은 아주머니는 둥굴레도 한주먹 담아주며 집에 가서 먹어보라고 건네주었다.

가게 앞에는 깔끔한 노부부의 손놀림과는 어울리지 않게 곡식 부스러기가 흩어져 있었다.

빗자루로 쓸어내지 않는 이유는 때맞춰 대담하게 내려앉는 참새가 대변해 주었다.

작은 부리로 여유 있게 곡식을 쪼아 먹는 참새가 너무 귀여워 눈을 떼지 못하고 있는데 어디서 날아왔는지 또다른 참새가 동참한다.

사람을 경계하지 않는 것이 이 집의 단골손님이라고 한다.

노부부의 참새를 위한 배려와 처음 본 손님의 후덕한 인심에 마음이 따뜻해졌다.

아무리 코로나가 힘들게 하여도 세상은 잔잔한 이웃의 정(情)으로 견뎌내는 것이다.

따뜻한 말의 향기

　신년을 맞아 핸드폰에는 연신 알림 표시 숫자가 더해
갔다.

　새해를 여는 시작을 상대에게 복을 빌어주는 말로 대부
분의 사람들이 덕담을 영상이나 문자로 배달하기 때문
이다. 좋은 말로 복을 받았으니 좋은 말로 복을 빌어주고
오는 말이 고왔으니 가는 말이 고운 한 해가 시작되는 것
이다.

　새해 새날의 아침을 여는 희망적인 시를 어느 행사에서
낭송할 기회가 생겼다. 낭송시를 찾아 헤매던 중 이해인
수녀님의 '말을 위한 기도'가 눈에 들어왔다.

　오래전, 처음 이 시를 접했을 때 '하나의 말을 잘 탄생
시키기 위하여 먼저 잘 침묵하는 지혜를 주소서….'라는

대목에서 매일매일 묵상했던 기억이 있다. 어느 것 하나 그냥 지나칠 것 없는 수녀님의 기도 시는 소소하게 살아가는 내 서툰 삶에 큰 힘이 되었다.

말에는 상냥한 말과 거친 말, 성난 말, 고운 말, 바른 말, 비웃는 말 등 여러 종류가 있다.

그 말에 따라 품격이 달라지는데 무심코 던진 말 한마디에 품격이 드러날 수 있다.

사람마다 인품이 있듯이 말에도 언품이 있다는 것을 요즘 생활 속에서나 매스컴을 통해 많이 볼 수 있다. 같은 말을 하더라도 어떻게 표현하느냐에 따라 상대에게서 돌아오는 말의 온도와 무게가 달라진다는 것을 알고 있으면서도 어려운 것이 말이다.

늘 말을 상냥하게 하는 사람을 알고 있다. 그 사람의 얼굴에 온화한 미소가 상대의 무덤덤한 표정을 해제시키고 반듯한 몸가짐은 경박한 말의 파편들이 튕겨 나가는 방패 같다.

말의 상냥함이 하루아침에 만들어진 것도 아니고 순간

을 포장하기 위한 것도 아닌 몸에 밴 그녀의 품격은 상대에게 선한 영향력을 주어서 부러웠다.

반면에 만나면 늘 긴장하게 하고 언제 어느 때 날아올지 모르는 말의 화살을 피하기 위해 그가 당긴 활시위의 방향을 파악해야 하는 피곤한 사람도 있다.

적어도 나는 후자의 사람이 되지 말자는 생각에 내 안에 자라고 있는 언어의 나무를 되돌아보고는 하지만 타고난 어투가 나도 모르게 당황스러울 때도 있다.

경직되고 어색한 분위기를 힘들어하는 나는 분위기를 바꿔주는 위트 있는 사람을 좋아한다.

농담이 실없이 장난으로 하는 말이라면 위트는 말을 재치 있고 능란하게 구사하는 것이어서 어느 것이든지 도를 넘지 않는다면 모든 사람들이 즐거워할 것이다.

살아오면서 농담을 한 것에 대해 잊히지 않는 일이 하나 있다. 그날은 장날이라 장 구경도 하고 사람 구경도 하고 맛있는 먹거리도 즐길 겸 오일장에 갔었다.

싱싱한 생선 한 마리를 사고 만원을 건넨 다음 거스름돈을 기다렸다. 상인은 잔돈을 몇 번이고 꼼꼼하게 세어

보고 거스름돈을 건네주었다.

"어이쿠 한 장 더 왔네요"

웃자고 한 농담이었는데 상인은 정색을 하고 거스름돈을 다시 뺏어 세어보는 것이 아닌가.

그 뒤로 장사를 하시는 분들 앞에서는 그런 경솔한 농담을 하지 않았다.

하루라도 말을 안 하고 살 수 없는 현실에서 어떻게 하면 말을 더 품위 있고 상대에게 상처를 주지 않는 따뜻한 말로 한 해를 보낼 수 있을까.

어머니는 새로 태어난 아기에게 좋은 것만 먹이고 좋은 것만 듣게 하고 선한 것을 보여주려 정성을 다한다. 우리에게 온 새해라는 새날에도 배려의 말과 따뜻한 말로 잘 키우고 덕을 쌓아 기르면 일 년 뒤 나이라는 숫자에 좋은 품격으로 더해질 것이다.

올 한 해 우리 사회에 따뜻한 말의 향기가 솔솔 풍기는 한 해가 되기를 기원해본다.

잠깐 멈춤의 힐링

참된 휴식이란 무엇일까를 생각하던 때에 마침 '깊은 산속 옹달샘'에서 주최하는 '웰니스 걷기 명상 여행' 프로그램에 참여하게 되었다. 명상이라는 단어에 끌리기도 했고, 내가 나를 다스리지 못한다면 다른 힘을 빌려보는 것도 괜찮을 것 같은 생각에서였다.

너무도 낯선 이름 코로나 사태 이후에 관광의 화두가 된 웰니스는 웰빙(well-being)과 행복(happiness) 건강(fitness)의 합성어로 신체적 정신적 건강을 추구하는 새로운 개념의 여행이다. 코로나19 이후 하늘길이 막히고 새로운 트렌드로 더욱 부각되고 있는 웰니스 관광은 단순한 관광이 아닌 힐링, 건강, 치유를 목적으로 하는 관광 형태로 스파와 휴양, 뷰티, 건강관리 등을 여행과 접목해 몸과 마음에 휴식을 주고 삶의 질을 높여가는 것이 목적이라고 한다.

최근 들어 몸도 마음도 많이 지쳐 있었다. 어디론가 훌쩍 떠나고 싶다는 생각을 하고 있으면서도 선뜻 실행에 옮기지 못하는 것이 더 답답하게 느껴지기도 했다.

일일이 표현하지 못하는 심리적 갈등과 숨이 막힐 것 같은 스트레스를 부르기 쉽게 갱년기라고 말해 버리고 복잡한 마음의 문을 타인에게 들키지 않게 닫아버렸다. 내 안에서 끓고 있는 분노와 불안과 무기력이 영혼에 상처를 내고 몸을 장악하기 시작했다. 탈출하고 싶었다.

극심한 스트레스로 뇌졸중이나 뇌출혈 등 강제 멈춤을 당한 주변 사람들의 이야기를 들으면서 두렵기도 했다. 강제 멈춤이 오기 전에 내 의지대로 잠깐 멈춤에 손을 내밀고 프로그램에 참여하였다.

코로나로 인해 소수의 인원 열 명의 참가자들로 진행된 첫 순서는 힐링 워킹이었다. 발에 모든 의식을 집중해 걸으면서 이루어지는 명상인데 자연 만물이 발을 통해 몸과 마음에 스며드는 순간 내 영혼의 깊은 곳에 사랑과 희망이 피어난다고 소개되었다.

천천히 느리게 숲길을 걸었다. 발걸음을 옮길 때마다 발밑에서는 낙엽의 바스락거리는 소리와 흙과 돌이 부딪히는 소리, 활기찬 새소리를 뛰어넘는 비행기 소리까지 복합적으로 들려왔다. 다시 발끝에 정신을 모으고 깊은 산속 옹달샘의 산을 오르다 보니 잡념이 멀어졌다.

생각도 발길도 잠깐 멈춤을 알리는 징 소리가 울려 퍼지면 가던 길을 멈추고 천천히 눈을 감거나 조용히 주변을 돌아보았다.

밟히며 부서지던 낙엽의 바스락거리는 소리 대신 단풍비가 내리는 소리가 들렸고 걸을 땐 들을 수 없었던 물소리가 정겹게 귓전을 두드렸다.

아. 이곳에 물이 흐르고 있단 말인가. 큰 소리에 치여 미처 듣지 못했던 소리들을 모든 행동이 멈춘, 고요 속에서 들을 수 있었다. 맑은 공기와 바람의 냄새를 맡으며 다시 걷다가 하늘을 보았다. 땅만 보고 걷던 걸음을 멈추고 올려다본 시선 끝에는 뻗어있는 나뭇가지들 사이사이로 파란 하늘이 보인다. 그래. 난 지금 여기에 있고 이 평화를 누리고 있다. 지금이 중요한 거지 왜 내 안의 나를 끌어내어 패대기치면서 나를 학대했을까 생각하니 무언가

울컥 올라오면서 눈시울이 뜨거워졌다.

2박 3일 동안 천천히 걷고 또 걸으면서 그동안 수고한 나의 몸과 마음에 휴식을 선물하였다.

혼자서 걸으면 익숙한 길이 지루할 수도 있었지만 뜻을 같이하는 사람들과 격려하며 걷는다는 것은 또 다른 희망이었다.

햇살 좋은 오후가 금빛보다 찬란하게 바람을 맞으며 주파수를 보낸다. 사랑하고 감사하라고….

유효 기간

며칠 만에 보는 파란 하늘인가. 한동안 온 세상을 뒤덮고 있던 우울한 미세먼지를 봄바람이 한 방에 밀어낸 어느 날 오후. 거실 유리창을 통해 바라보는 맑은 하늘을 실내에서만 보고 있기에는 너무 아까워 밖으로 나갔다.

연둣빛 새싹이 올라오는 길을 준비하듯 겨우내 지친 나무에 매달려 있는 먼지를 털어내는 봄바람이 아직은 옷깃을 여미게 한다. 바람을 안고 달리는 차창 밖으로 대나무도 소나무도 벌거벗은 나무들도 봄을 알리는 거센 바람에 정신없이 휘둘리는데 파란 하늘은 미동도 없이 평화롭기만 했다.

운전을 하고 다니다 보면 초행길임이 분명한데 어디선가 본 듯하기도 하고 언제인지 모르겠지만 한 번은 와 본 것처럼 착각이 드는 장소가 가끔 있다.

영업을 접은 지 오래되었다는 무언의 암시를 주듯 내팽개쳐진 게 낯설지 않은 카페 간판 앞에 멈춰 섰다. 한참 기억을 더듬다 보니 그동안 잊고 지냈던 한 사람이 떠올랐다.

그녀는 매사 손익계산서가 분명한 사람이었다. 내 기준에 상대가 미치지 못하면 따지고 가르치려 드는 공격적인 성격이 주변 사람들을 매우 피곤하게 하였다. 호기심도 많았던 그녀는 유난히 적극적인 성격이 장점이자 단점이었다. 그녀와 몇 해 전, 이 카페에서 차를 마셨던 기억이 났다.

사람과의 관계에서 불편함이 지속하는 경우가 생길 때 나는 몇 번이고 생각해 본다. 이 사람과의 관계를 끊었을 때 내가 많이 아플 것 같으면 조금 힘들고 불편해도 참지만 그다지 서운하지 않을 것 같으면 스트레스받지 말고 쿨하게 끊어내리라 다짐을 하곤 했다. 그러나 특별히 서로 선택하거나 선택되어 상당한 세월 신뢰를 쌓으며 희로애락을 공유해 온 선(善)의 관계에선 생각처럼 쉽지 않을 때가 더 많다.

살아가면서 수많은 사람들과 다양한 관계를 맺고
있다. 내게 다가온 인연들 중에는 지금까지 지속하는 만
남도 있지만, 일부러 기억해 내야만 알 수 있는 사람들도
많다. 자연스럽게 소식이 끊긴 사람들 중에는 꼭 다시 만
나고 싶은 사람도 있고 다시는 기억하고 싶지 않은 사람
도 있다. 더러는 만나지 않았으면 좋았을 관계도 있는데
그녀는 내게 어떤 존재였을까.

한동안 많이 아파했던 시간이 있었다. 서로가 서로에
게 많은 힘이 되고 의지가 된 우정의 깊이에 돌이 던져졌
을 때 내 의지와는 상관없이 흘러가는 상황들을 속수무책
지켜보아야만 했던 시간. 처절하게 아파하며 끙끙 앓고
있을 때 누군가 내게 한 말이 지금까지 힘이 되고 있다.
"너무 마음 아파하지 마세요. 그 사람과의 인연에 유효
기간이 다 된 것뿐입니다"
이 말을 듣고 나서부터 마음이 한결 편안해졌다. 마치
예방주사를 맞은 듯 그 뒤로 만남과 이별에 크게 동요되

지 않았다. 멀어졌던 사람과 다시 이어지게 된다면 그건 아직 그 사람과의 인연이 남아있기 때문이라는 해석에는 웃음이 나왔지만 긍정적으로 생각하기로 했다.

사람들을 대할 때 어떤 기준에 따라서는 관계성이 좋아지기도 하지만 반대로 완전히 틀어지기도 한다. 나에게 적용할 기준은 엄격하게 하고 상대에게는 관대함으로 너그럽고 유연하게 대할 때, 관계가 호전되는 것을 알 수 있었지만 그것 또한 쉽지 않다.

지금 내 곁에 머무는 소중한 사람들과의 관계에 넣을 방부제는 없을까?

우리 개는 물어요

우리 고장 충주에는 시민들이 사랑하는 산이 있다. 멀리 가지 않고도 산행과 산책을 함께 맛볼 수 있는 장점이 있는 남산. 이곳은 금봉산이라고도 불리는데 산 이름보다는 산성이 더 주목받는 곳으로 그 이름도 여러 가지다.

충주산성, 금봉산성, 또는 마고산성으로 불리기도 하는 이 산을 오르는 등산로가 몇 군데 있지만 나는 마즈막재에서 오르는 임도 길을 좋아한다. 도심과 살짝 멀리 떨어져 있어서인지 이곳에서는 이른 아침에 오르는 사람들이 많지 않아 요즘 같은 때는 더없이 좋은 등산 코스다. 말이 등산이지 전망대까지만 오르내리는 내게는 길이 익숙해져서인지 이제 산책이라는 말이 더 어울리는 듯하다. 내 기준으로 왕복 한 시간 반에서 길게는 두 시간 정도 걸리는 코스니 산책치고는 그래도 **빡센** 운동이라 거르지 않으려 애쓴다.

산바람이 몰고 온 가을이 자리를 깔기 시작했을 무렵 거추장스러운 모자를 벗어 던지고 툭툭 뛰어내리는 도토리와 반항하듯 뛰쳐나온 작은 산밤이 걸음을 멈추게 했다.

"우리 엄마는 너를 뫼−밤이라고 불렀지….."

한숨처럼 터져 나오는 어머니에 대한 그리움이 벌어진 입을 다물지 못하고 뒹구는 빈 밤송이에 쓸쓸하게 머문다. 제멋대로 떨어져 나와 뒹구는 알밤을 주워 빈 밤송이에 넣어보는 부질없는 행동을 멈추고 주머니에 넣었다. 앞서간 사람들이 없어서인지 뜻밖의 수확이 양쪽 주머니가 다람쥐의 양 볼처럼 볼록하다.

굽이굽이 산길을 돌아 도착한 전망대에서는 충주 시내의 전경이 시원하게 내려다보인다. 선명하게 도시가 내려다보이고 파란 하늘이 더 높아 보이는 날에는, 게으름에 뭉그적거리는 몸뚱이를 구슬려 산에 오르게 한마음을 칭찬하는 순간이기도 하다.

얼마 전부터 산에서 내려오는 길에 새롭게 마주치게 된 가족이 있다. 새끼를 낳은 지 얼마 되어 보이지 않는 진돗개와 품종은 잘 모르겠지만 주인의 손에 이끌려 나란히 산책을 하는 수컷이 그 가족이다. 개를 좋아하는 나로서도 새끼를 낳은 개는 예민해져 있다는 생각이 들어 처음에는 긴장하고 경계하며 그 자리에 얼어붙어 있어야만 했다. 사람들의 그런 반응을 잘 알고 있다는 듯 견주는 지나가는 사람들과 눈 맞춤을 피한 채 한 길가로만 줄을 꼭 잡고 천천히 걷는다.

개들 또한 주인의 이끌림에 잘 따라주고 있어서 다행이었지만 살짝 올라오는 긴장감은 매스컴을 통해 심심찮게 접하게 된 사고 때문일 것이다.

"개를 키우는 사람들은 이해하겠지만 개를 싫어하거나 안 좋은 기억이 있는 사람들은 두려워할 것 같아요"

마주치는 횟수가 늘어난 어느 날 인사를 건네며 한 말이다. 그래서 더 조심해서 산책을 시킨다는 견주의 반려견에 대한 깊은 애정은 많은 말을 하지 않고도 느낄 수 있었다. 며칠 전에는 주인을 잘 따른다는 이유로 목줄을 하지 않은 대형견 두 마리를 풀어놓고 산책시키는 사람 때문에 하산 길에 매우 놀란 적이 있다.

"개 목줄은 꼭 해서 잡고 다니세요. 이러다 큰일 나요. 여기에 지랄 같은 사람들이 얼마나 다니는지 나도 개 입마개 안 했다고 몇 번 신고를 당해 봤어요. 이렇게 풀어놓고 다니면 사람들도 놀라고 신고당하면 벌금도 물어야 한다고요"

갑자기 나타난 대형견에게 놀란 등산객을 대신해서 그가 나서서 한 말이다.

'지랄 같은 사람들?'

자신은 개를 당신보다 잘 관리했는데도 신고당한 것이 억울하다는 표현이 묻어났다. 그가 왜 사람들과 눈 맞춤을 피하는지도 어렴풋이 이해할 수 있었다.

가끔 집에 방문한 사람들이 마당에 있는 진돗개 여진이를 보고 잘 생겼다고 하면서 가까이 다가가 만지려고 할 때가 있다. 그럴 때면 여진이는 불편한 기색을 표현하듯 낮게 으르렁거린다. 사람을 향한 입질을 하지 않는다는 것을 알고 있지만, 혹시나 낯선 사람에게는 개가 물 수도 있으니 조심해 달라는 주의를 준다.

우리 개는 사람을 물지 않는다는 것은 개 주인에게나

해당하는 말이다. 견종과 크기에 상관없이 모든 개는 흥분 하면 주인도 제어하기 힘들다는 생각이 개를 키우고 있는 처지에서 늘 드는 생각이다.

막걸리 단상

지난밤 사이 내린 비는 집 앞에 있는 요란한 도랑물 소리를 몰고 와 새벽잠을 깨웠다. 말라가던 도랑이 모처럼 생기를 찾은 소리였다. 요즘 비는 야행성 장마로 낮에는 소강상태를 보였다가 밤에 국지성 호우를 내린다고 하는 보도는 잠들기 전 집 주위를 한 바퀴 돌아보게 했다.

빗방울이 소리에 묻혀 퉁겨져 올라오는 모습을 멍 때리고 바라보는 내게 남편은 비도 오고 하니 부침개 재료를 준비해 달라고 한다. 준비만 해 주면 전 부치는 것은 물론이요, 막걸리 또한 자신이 사 오겠다는 제안을 하는 것을 보니 날궂이를 하고 싶었던 모양이다. 손해 볼 것 없는 제안에 고개를 끄덕이며 나는 뒤란에 있는 텃밭으로 향했고 남편은 막걸리를 사러 나섰다.

어린 시절. 가끔 나는 양은 주전자를 손에 들고 제법 멀리 떨어진 삼거리에 있는 구멍가게로 어머니 심부름하러 갔다. 마을에서 한참 떨어진 곳이라 빈 주전자를 들고 갈 때는 경중경중 뛰어갔지만 돌아올 때는 찰랑거리는 주전자가 여간 신경이 쓰이는 것이 아니었다.

막걸리로 가득 채워진 주전자를 연신 양손으로 바꿔가며 조심해서 걸어도 흔들림이 조절되지 않으면 마음에 들지 않는다는 듯 울컥 막걸리를 토해내던 주전자가 나를 당황케 했다. 그럴 때면 주전자 주둥이에 입을 맞추고 목젖 깊숙이 막걸리를 부어 마셨다. 발끝까지 짜릿하게 전달되는 느낌은 마치 전기가 흐르는 듯하였지만 오가는 길에 난 갈증을 해소하기에는 최고였다. 목이 마를 때 마시는 막걸리 한잔의 시원한 맛을 일찍이 알아버린 것이다.

요즘은 어린아이에게 술 심부름시키면 큰일 날 일이었지만 그때는 모두 그렇게 했다. 아무튼, 나는 어느 때부터인가 술 심부름을 즐기기 시작했다. 처음에는 신작로를 따라 곧장 집으로 향했던 길을 좁은 논둑길과 들길을 지나 밭둑에 까맣게 열린 오디를 따 먹는 쏠쏠한 재미도 발견하고 혼자만의 공상으로 노닥거리는 시간이 즐거웠기 때문이다.

지름길이었던 그곳에는 오디만이 아니라 뱀딸기도 유난히 많았다. 통통하게 살이 오른 붉은색의 뱀딸기가 눈길을 끌었지만 애써 외면하였다. 뱀딸기는 뱀이 먹는 딸기라는 말을 들었기 때문이다. 뱀젖이라고 불렀던 식물도 있었는데 그것 근처에는 정말 뱀이 많을 것 같아서 무섭기까지 했다. 생긴 모습도 비호감이었는데 뱀이 어떤 모습으로 젖을 먹을까 상상까지 하다 보면 소름이 돋았다. 서둘러 그곳을 지날 때면 긴장해서인지 걸음이 빨라졌다. 안전하다 싶은 곳까지 왔을 때야 비로소 안도의 한숨을 쉬기도 했다. 뱀 젖이라는 이름만으로도 두려움을 느끼던 나이였다. 어른이 되고서야 뱀젖의 이름이 쇠뜨기풀이라는 것을 알았다.

"그 길에는 독사가 살고 있다더라. 마을 어른들이 여러 번 보았다는데…. 독사는 사람이 지나가도 도망을 안 하고 물 수도 있으니 조심해야 혀."

어머니께 그 말씀을 듣고 얼마 지나지 않아 이웃집 아저씨가 독사에 물렸다는 소문을 들었다. 소문과 함께 나의 술 심부름도 끝이 났다. 부엌 한편에 묻혀있던 물 항아리가 술 항아리로 바뀐 것은 그 무렵이었다. 한 되씩 받아다 먹던 막걸리를 어머니께서는 한 말을 주문해서 사다 부었다. 아마도 내심 어린 딸이 걱정스러웠던 모양이다. 덕분에 나도 살짝살짝 막걸리를 훔쳐 마시곤 했다. 가끔 내 머리가 멍청하다고 느껴질 때면, 일찍이 술을 마셔서가 아닐까 싶기도 하다.

시원하게 울려 퍼지는 '막걸리 한잔'의 노래가 TV에서 흘러나온다. 얇게 부쳐진 부침개 위로 거센 빗소리도 내려앉는다. 오늘 점심은 부침개와 막걸리로 한 끼를 대신한 제대로 된 날궂이다.

겨울 간식

어머니께서는 외출이 뜸해지는 겨울이면 간식을 만들어내셨다. 간식이 필요한 어린 시절에도 볼 수 없었던 건빵 모양의 과자는 팔십이 넘은 당신이 유일하게 정성을 다해 만드는 작품이었다. 힘만 들고 잘 먹지도 않는데 뭐하러 만드느냐는 자식들의 핀잔에도 수줍은 듯 내어놓는 엄마표 과자.

밀가루 반죽을 건빵 크기로 잘라 젓가락으로 정성껏 모양을 찍어 튀겨낸 맛은 딱딱하고, 약간의 쓴맛이 들지만 뒤끝이 살짝 고소하기도 했다. 쓴맛이 도는 것은 아마도 베이킹파우더 대신 체했을 때 드시려고 보관해 두었던 소다를 넣었기 때문일 것이다.

젊었을 때는 먹고살기 바빠서 한창 크는 자식들에게 제

대로 된 간식을 챙겨주지 못한 것이 항상 마음 아프시다는 어머니에게

"간식이 왜 없었수! 내 방에 설치해둔 고구마 발에서 고구마 꺼내 깎아 먹고 구워 먹고 또 겨울 무가 얼마나 달고 시원했는데. 먹고 나서 트림과 무 방귀가 지독했지만."

방귀 이야기에 모녀가 웃다 보면 그 옛날 화롯불에 묻어둔 군고구마 냄새가 구수하게 올라오는 듯했다. 어머니는 또 자연스럽게 겨울 간식 중 하나였던 콩 볶음 이야기를 하신다.

"시장에서 장사를 마치고 돌아오면서도 얼른 가서 내 새끼들 밥해 주어야지 하는 마음에 부지런히 마당에 들어섰더니 다섯 살 된 네가 뛰어나오며…"

"이렇게 말했지? 엄마! 엄마! 우리 콩은 안 볶아 먹었어"

이 나이 먹도록 수백 번 들어서 알고 있는 어머니의 다음 말을 가로채며 우리 모녀는 또 한바탕 웃었다. 한창 크는 나이에 먹을 것이 늘 부족했던 어린 시절. 종자로 남겨둔 콩을 몰래 볶아 먹으면서 어린 나에게 엄마에게는 비

밀이라고 다짐을 주었던 언니 오빠들의 말이 버거웠던지 엄마를 보는 순간 튀어나온 말이었다.

길거리 간식인 붕어빵과 군고구마 냄새가 코끝을 유혹하고 찹쌀떡과 메밀묵 파는 소리가 골목에 울려 퍼지면 겨울이 왔음을 알 수 있었던 지난 시절이 있었다.

가게 앞에 내어놓은 찜기에서 하얀 김을 내뿜으며 뽀얀 자태로 걸음을 멈추게 했던 호빵은 지금도 아련한 기억을 떠올리게 한다.

이 겨울 추워지는 날씨 속에 어떤 간식보다 더 맛있었던 어머니와의 지난 추억 나눔이 이제는 기억 속에서만 머물러야 한다는 것이 마음 시리다.

보약 같은 친구

어스름한 저녁 '옛이야기' 간판이 걸린 찻집에 넉넉한 풍채를 가진 중년의 여인 세 명이 들어왔다. 열리는 카페 문을 통해 먼저 들어섰던 것은 피부에 닿는 찬바람보다 까르르 넘어가는 그녀들의 웃음소리였다. 대추차를 주문한 그녀들은 차(茶)를 기다리는 동안 카페 내부 인테리어가 예쁘다며 연신 핸드폰으로 사진 찍기에 열중이었다. 수시로 바뀌는 포즈만큼 이리저리 배경을 옮겨가며 부산스럽게 사진 찍기에 열중인 그녀들을 바라보노라니 나도 모르게 배시시 웃음이 새어 나왔다.

"몸은 늙었어도 마음은 언제나 18세 소녀로군."

마주 앉아 이야기를 나누던 지인의 중얼거림을 뒤로하고 일행 중 한 사람에게 말을 걸었다.

"친구들과 같이 다닐 때가 가장 즐겁죠. 어디서 오셨어요?"

나의 질문에 수원에서 왔다는 그녀의 대답이 돌아왔다. 멀리서 오셨으니 즐겁게 지내시고 좋은 추억 많이 만들어 가시라는 인사를 건네며 며칠 전 일을 생각했다.

최근에 간간이 찾아보는 TV 프로그램 중에는 '내가 나로 돌아가는 곳'이라는 타이틀을 내세운 관찰 예능 프로그램 '해방타운'이 있다. 혼자만의 시간과 공간이 절실한 기혼 셀러브리티들이 그동안 잊고 지냈던 결혼 전의 '나'로 돌아가는 모습을 담은 프로그램인데 가끔 대리만족을 느낄 수 있어서 즐겨보는 방송이다. 그중 기억에 남는 것은 해방타운 입주자 장윤정. 윤혜진. 신지수. 백지영 4인방이 모여 광란의 장기자랑과 입담을 자랑하는 '크리스마스 파티' 편이었다. 시청하는 내내, 마치 나도 그들과 함께 있는 듯 몰입하며 무척 즐거웠는데, 남자 게스트들은 맨정신으로 그렇게 즐겁게 놀 수 있는 여자들을 도저히 이해할 수 없다는 표정을 지었다.

방송을 보고 난 후 친구 보경이에게 전화를 걸었다. 친구도 마침 그 프로그램을 보았다면서 우리도 그렇게 한번 해방되어 놀아 보자고 했다. 뜻이 통한 우리는 신년회 겸 그동안 묵혀 두었던 이야기보따리를 풀고자 1박 2일 일정으로 계획을 세웠다. 흥이 많은 친구 의숙이와 정희도 합류하면서 우리들의 만남은 더 기대되었다.

각자 다른 삶의 현장에서 열심히 살아가고 있는 친구들을 의기투합으로 만난다는 것은 무척 설렘이었다. 그래서일까, 만나기로 한 날에 무언가 선물을 하고 싶었던 나는 새벽에 방앗간에 들려서 가래떡 한 말을 뽑았다. 공평하게 나눈 따끈따끈한 가래떡이 친구들의 품에 안겨 온기를 전해주자 그녀들은 무척 행복해하였다. 받는 기쁨보다 더 큰 주는 기쁨을 느끼며 우리들은 먼저 '하늘재'에 올랐다. 겨울바람에 코끝이 시렸지만 하늘재에서 바라본 파란 하늘을 생각하면 지금도 속이 시원하다. 하늘재에서 내려와 점심으로 송어회를 먹고 식사 후에 들렀던 카페가 수원에서 온 여인들을 만났던 '옛이야기'였다.

그곳에서 우리들도 사진 찍고 한참 이야기꽃을 피웠었다. 깊숙한 숲속에 있는 숙소에 도착해서는 저녁 식사 후 누가 먼저랄 것도 없이 파자마 바람으로 7080 노래를 열창하였다. 갱년기로 요동치는 감정에 힘들었어도 고향 친구들과 함께하는 것 하나만으로도 그날은 무조건 즐거웠다.

보경이가 준비해온 젠가 54개에 쓴 곤란하고 엉뚱한 질문은 때론 심각하게 했고 때론 방바닥을 깔깔대며 뒹굴게 했다. 그리고 서프라이즈 선물 뽑기까지 어느 것 하나 놓칠 수 없는 소중한 추억이 쌓이는 시간이었다.

'자식보다 자네가 좋고, 돈보다 자네가 좋아. 자네와 난 보약 같은 친구야 사는 날까지 같이 가세 보약 같은 친구야…'

새해에 진한 보약 한 첩 먹었다.